Mona ist weg

Oliver Pautsch, 1965 in Hilden geboren, lernte in Solingen laufen, ging in Hilden zur Schule und studierte in Düsseldorf. Er wohnte und arbeitete lange Jahre in Köln. Heute lebt der Autor mit seiner Frau und drei Kindern wieder in Hilden.

Wenn er behauptet, die Region besser als den Inhalt seiner Schreibtischschublade zu kennen, kann man ihm ruhig Glauben schenken. Der Autor hat in der Region viele Jahre lang Klaviere und Flügel transportiert. Das tut er noch heute manchmal – falls er nicht gerade Romane oder Drehbücher schreibt.

Der Autor freut sich über einen Besuch seiner Heimseite: www.pautsch.net

MONA IST WEG

Oliver Pautsch

edition**5p**

Bibliografische Information der Deutschen Bibliothek
Die Deutsche Bibliothek verzeichnet diese Publikation in der Deutschen Nationalbibliografie; detaillierte bibliografische Daten sind im Internet über http://dnb.ddb.de abrufbar.

Autor:	Oliver Pautsch
Titel:	Mona ist weg (young thriller 01)
ISBN:	9783848256488
Coverdesign:	Niklas Schütte
URL:	www.pautsch.net

Überarbeitete Neuausgabe – erstmals unter dem Titel »Mordgedanken« erschienen im Thienemann Verlag, Stuttgart und Carlsen Verlag, Hamburg

© 2018 Oliver Pautsch
Herstellung und Verlag: BoD – Books on Demand, Norderstedt.

Das vorliegende Werk ist in allen seinen Teilen urheberrechtlich geschützt. Alle Rechte vorbehalten, insbesondere das Recht der Übersetzung, des Vortrags, der Reproduktion und der Vervielfältigung.

Für Sandra und Luis, Karin und Gerd

1

ERSTE HEXE:
Wann kommen wir drei uns wieder entgegen,
im Blitz und Donner, oder im Regen?
»Macbeth« – 1. Akt, 1. Szene

August. Dritte Theaterprobe. Die Tür flog auf und Jan rannte aus der Dunkelheit des Jugendzentrums. Draußen war es gleißend hell. Hinter Jan stürzte ein Verfolger aus der Tür. Er blutete aus der Lippe. Jan stolperte über einen Blumenkübel, strauchelte auf die Straße und bemerkte den Linienbus nicht. Er hatte keine Ahnung, wie knapp der 782er ihn verfehlte, seine Augen hatten sich noch nicht an die Helligkeit gewöhnt.

Jan rannte durch brütende Hitze auf das Schulgelände und rüttelte an allen Türen vor dem Haupteingang des Gebäudes. Sie waren verschlossen, niemand zu sehen, nur Mülleimer stanken in der Hitze. Jan schrie auf. Er wollte zu Herder, seinem Biologielehrer! *Denk nach, Jannick! Schulferien,* hörte er Mona. So fröhlich wie früher. Monas Stimme in seinem Kopf ließ Jan die Richtung wechseln und auf dem Weg in das Internatsgelände hinter der Schule noch einen Zahn zulegen. Obwohl er wegen der Hitze fast ohnmächtig wurde. Die Zunge klebte in seinem Mund wie ein zu großer Kaugummi. Seine rechte Hand schmerzte. Auf den Fingerknöcheln brannten Abschürfungen. Wahrscheinlich war das Gelenk verstaucht. Jan hatte noch nie zuvor einen Menschen geschlagen, doch vor wenigen Minuten hatte er Macbeth niedergestreckt! Den Krieger einfach umgehauen. Mit einem Schlag!

Jan setzte über den kleinen Zaun zum Sportplatz und trampelte zwischen den Bänken am Spielfeldrand hindurch. Über Taschen von Footballern aus der Oberstufe, die mitten in ihrem Ferientraining waren. Die Spieler riefen Jan Flüche nach. Einer versuchte Jan auf dem Rasen zu tackeln. Doch vergeblich – der Kleine war viel zu schnell und schlug Haken wie ein Hase. Der Trainer brüllte die verschwitzten Footballer an, sich ein Beispiel an dem Jungen zu nehmen und endlich ihre faulen Hintern zu bewegen. Da war Jan bereits im Wald hinter dem Spielfeld verschwunden. An einem Montag, kurz nach fünf Uhr. Ende August des heißesten Sommers seit Jahren. Niemand in der Stadt bewegte sich schneller, als er musste. Die meisten bewegten sich überhaupt nicht mehr. Oder waren in den Ferien.

Jan rannte, als ginge es um sein Leben. Das entsprach nicht den Tatsachen. Nicht ganz. Doch seit einiger Zeit konnte er an nichts und niemand mehr denken als an Mona. Sein Hemd klebte nass vor Schweiß am Körper. Bäume und Sträucher hinterließen Striemen auf seinen Armen, Blätter und Gestrüpp in seinen Haaren. Jan bemerkte nichts davon. Er pflügte eine Schneise durch das Internatswäldchen, ohne einen Gedanken an Haut und Haar oder an seine Brille zu verschwenden, die ihm von einem Ast aus dem Gesicht gewischt worden war.

Ohne einen Gedanken daran, dass er auf seinem Weg bereits mehr Flüssigkeit verloren hatte, als es für einen Fünfzehnjährigen bei diesen Temperaturen gesund sein konnte, heulte Jan auch noch wie ein Schlosshund.

Wie ein Mädchen. Wie ein Verlierer!

Verlierer lässt man links liegen! Auch eine von Monas Weisheiten, die Jan nie ganz verstanden hatte. Weil sie unvermittelt die traurigsten Dinge sagen konnte, um Sekunden später lachend in die Hände zu klatschen und neuen Unsinn vorzuschlagen. Weil Mona niemals weinte. Weil Mona alles wusste. Weil Mona großartig war!

Der Wald neben dem Sportplatz des Internats wurde von einem hohen Drahtzaun begrenzt. Als »Vögelwäldchen« wurde er auf dem Pausenhof von den Älteren bekichert. Und Jan hatte damals tatsächlich an Eier legende Tiere mit Federn geglaubt.

»Ja, sicher«, hatte Mona gegrinst, »der Genoppte Präservativ nistet dort.« Bei Jan war der Groschen gefallen und er war blutrot angelaufen. Dann hatte Mona ihn freundlich angelacht: »Mach dir nichts draus, Jannick. Da gibt's sicher auch Amseln.«

Die verarscht mich! Total!

Kurz darauf hatte Jan sich in Mona verliebt. Noch nie hatte jemand ihn »Jannick« genannt. Er verliebte sich in Monas Locken. In ihr Lächeln. Besonders verliebte Jan sich in Monas freche Klappe. Mit dem Muttermal über der Oberlippe. Unsterblich. Nur wusste Jan es damals noch nicht. Er hatte gelacht und gehofft, dass niemand sah, wie er rot wurde.

Doch. Mona hatte es gesehen und gelächelt. Plötzlich schämte Jan sich nicht mehr. Und verliebte sich.

Er stolperte blindlings durch die Büsche. Seine Angst war kalter Panik gewichen. Keine Ahnung, warum er ausgerechnet in den Wald gerannt war. Nun fand er keinen Ausgang, kein Tor, nicht auf dieser Seite. Jan musste über den verdammten Zaun! Beim ersten Anlauf machte er den Fehler, sich mit der verstauchten Hand festzuhalten, der Schmerz durchzuckte Jans Körper wie ein Blitz. Ihm wurde schwarz vor Augen. Er fiel rückwärts in den Dreck und bekam keine Luft. Nach der Strecke, die Jan zurückgelegt hatte, bei diesen Temperaturen und dem harten Schlag auf seine Lungenflügel, war es ein Wunder, dass er wieder auf die Füße kam. Blitze zuckten vor seinen Augen. Ohne Brille verschwamm der Drahtzaun vor ihm zu einer trüben Masse. Jan konnte kaum noch etwas erkennen. Er krallte sich mit der Linken in den Draht und rang nach Atem. Auf der anderen Seite des Zauns tauchte eine Gestalt in Form einer gebeugten, alten Hexe auf.

Ich bin die Erste Hexe!, brüllte Mona in seinem Kopf. Mit der Stimme einer Wut, die Jan von Mona nicht kannte. Die alte Dame auf der anderen Seite zuckte erschrocken zusammen, als Jan röchelnd hinter dem Zaun auf die Knie sank. Sie setzte zur Flucht an, doch von dem Jungen ging keinerlei Gefahr aus. Jan war nur verzweifelt und verwirrt.

»Sie ist weg!«, brüllte Jan durch den Zaun.

Was die alte Dame betraf, hatte er damit vollkommen recht.

»Wie siehst du denn aus? Bist du verprügelt worden?« Jan stapfte schweigend zum Kühlschrank und setzte unter den Augen seiner Mutter den Tetrapack Orangensaft an die Lippen. Claudia Reiter war so erschrocken über Jans Anblick, dass sie darauf verzichtete, ihren Sohn zu ermahnen ein Glas zu benutzen, wie sie es vorher schon unzählige Male getan hatte. Ohne Erfolg.

Jan trank aus, zerknüllte den Karton, ließ sich auf einen Küchenstuhl neben dem Fenster fallen und wischte sich schmutzigen Schweiß aus den Augen. Erst jetzt bemerkte seine Mutter, dass Jan heftig atmete. Von seiner Stirn führte eine Spur geronnenen Blutes in Richtung Augenlid. Jan verteilte sie mit einer fahrigen Bewegung auf seiner ganzen Stirn, ohne es zu bemerken.

»Was ist passiert? Wo ist deine Brille?« Claudia eilte mit dem Küchenhandtuch in der Hand zu Jan und zupfte einen Zweig aus seinen Haaren.

Es war Claudia nicht entgangen, dass ihr Sohn in letzter Zeit Probleme zu haben schien. Über die er nicht sprechen wollte. Nicht mit ihr oder seinem Vater. Auch jetzt schwieg Jan mit zusammengebissenen Zähnen. Er ging in Deckung, als sie die blutige Kriegsbemalung von seiner Stirn wischen wollte.

Es gab Claudia jedes Mal einen Stich, wenn der Junge ihrer Umarmung oder einem Kuss aus dem Weg zu gehen versuchte. Ihr Mann hatte dafür Verständnis, wie für fast alles, was sein Sohn in letzter Zeit tat. Oder nicht mehr tat.

»Der Junge wird erwachsen«, war Dieters Standardspruch. Und obwohl er vom Horrortrip seiner eigenen Pubertät berichtet hatte, wurde Claudia beim

Anblick ihres Sohnes klar, dass mit Jan etwas passierte, das weit über erste Pickel und pubertären Kleinkram hinausging. Das hier war groß!

Jan wehrte sich nicht, als sie seine Stirn mit dem feuchten Küchenhandtuch abtupfte. Er ließ sogar zu, dass sie ihm das wirre Haar glatt strich und einen Kuss auf seine Stirn drückte. Claudia hatte ihren Sohn noch nie so gesehen. In seinem Gesicht stand Verzweiflung.

Jan konnte es nicht mit einem lockeren Spruch überspielen, um einer Diskussion aus dem Weg zu gehen. Eine schlechte Angewohnheit, die er von seinem Vater geerbt haben musste.

Jan saß auf dem Küchenstuhl, starrte aus dem Fenster und ließ sich von seiner Mutter im Arm wiegen. Doch Claudia konnte die ungewohnte Nähe zu ihrem Sohn nicht genießen. Dann, plötzlich, brach es aus Jan heraus. Ein Schluchzer schüttelte seinen Körper und erfüllte Claudia mit Furcht. Ihre Sorge ließ die Frage etwas zu scharf und laut klingen. Aber sie musste einfach erfahren, was Jan zugestoßen war: »Was ist mit dir los!?« Claudia riss sich zusammen, um ihren Sohn nicht ungeduldig zu schütteln.

Es dauerte eine Weile, bis Jan Luft bekam. Dann – endlich! – rückte Jan mit der Sprache heraus.

»Mona ist weg!«

JULI – THE PERSON YOU HAVE CALLED ...

»... is temporarily not available.«

Jan musste sich beherrschen, um das verdammte Handy nicht an die Wand zu werfen. Mona hatte Jan

seit Tagen und Wochen mit Spielchen und Kontaktsperren wahnsinnig gemacht. Weich gekocht!
Seine kleine Schwester sah vom Boden auf. Nina lag vor einem Puzzle in Jans Zimmer auf dem Teppich. Die dumme Kuh hatte noch nicht einmal die Ränder fertig!
»Schaff den Scheiß aus meinem Zimmer!«, fuhr Jan sie an und latschte auf dem Weg zur Tür absichtlich über die erste fertige Ecke von Ninas Pferdepuzzle.
»Ich kann nix für deinen Liebeskummer, Brillo!«, hörte Jan, bevor er seine Zimmertür zuknallte, dann, vom Flur aus, Ninas Schluchzen. Sofort tat ihm seine kleine Schwester leid. Sie konnte ja wirklich nichts für seine Launen. Jan hatte Nina erlaubt, ihr Geburtstagsgeschenk auf seinem heiligen Boden auszubreiten. Schließlich hatte Jan das größere Zimmer. Das Puzzle mit Pferden auf einer Koppel war sein Geschenk für Nina, sie war verrückt nach so was. Doch seine unbestimmte Angst um Mona schnürte Jan die Brust zu, machte ihn wütend! Auf alles und jeden! Jan konnte nicht mehr schlafen. Deshalb konnte er nicht mehr denken. Eine dunkle Wolke war über ihm aufgezogen. Und obwohl er wusste, dass seine ganze Familie darunter zu leiden hatte, funktionierte Jan nur noch. Wie eine Maschine. War zur Schule gegangen, hatte letzte Arbeiten geschrieben. Gefährdete kurz vor den Ferien seine Versetzung und enttäuschte den Biologielehrer. Enttäuschte Herder, der große Stücke auf ihn hielt. Jan fühlte sich beschissen.

Nicht nur, weil er seine Eltern und Nina quälte und seinem Lieblingslehrer nicht mehr in die Augen sehen konnte. Sondern weil er Mona nur noch bei den Theaterproben im Weveler Hof zu sehen bekam. Mona hatte ihre Kontaktsperre ohne Begründung verhängt. War Jan in den Pausen aus dem Weg gegangen. Hatte die Hexe nicht nur auf der Bühne, sondern jeden Tag gespielt? Und Jan hatte nicht die leiseste Ahnung, was er falsch gemacht hatte.

Anna Weiß war begeistert von Monas Darstellung, sie leitete die Theatertruppe im Zentrum. Jan hatte nur wegen Mona mit dem Mist angefangen. »Macbeth« – ein alter Schinken von Shakespeare. In einer Sprache, die keiner kapierte. Mit einer Story, die allen Beteiligten zu hoch war. Männer, die sich mit Schwertern den Schädel spalteten. Verrat und Mord. Drei Hexen mit komplizierten Sprüchen, eine total durchgeknallte Lady Macbeth. Blutrünstiger Unsinn, fand Jan. Nur wegen Mona hatte er überhaupt mitgemacht. Mona hatte Jan in die Truppe geholt. Mona wusste über Shakespeare und Theater Bescheid. Sie hatte Jan für den Hintergrund des Stücks zu begeistern versucht. Jan hatte sich alle Mühe gegeben zu verstehen, worum es ging. Doch er war kein Schauspieler. Er wollte nur so oft wie möglich bei Mona sein. Jan war verliebt in Mona. Theater war ihm egal.

Er zog die Wohnungstür leise hinter sich zu, damit keine Fragen aus Küche oder Wohnzimmer gestellt werden konnten. Er wollte allein sein, eilte aus dem dritten Stock durch den Hausflur ins Freie, lief über die Straße zur Bushaltestelle und freute sich auf die stillen Räume des Aquazoos. Seine Räume für Träume. Sportskanone, Schauspieler oder Rockstar war nicht Jans Ding. Basketball spielte er kaum noch. Jan wollte Biologe werden.

Herder, sein Lieblingslehrer, hatte Jan im Unterricht mit einer beeindruckenden Rede darauf gebracht: »Morgen, Leute. Ich weiß, dass ihr an diesem Fach nicht besonders interessiert seid, denn Sexualkunde ist schon lange durch ... Ihr benutzt doch Kondome, oder?«

Ein Lachen ging durch die Klasse. Zwischenrufe und Pfiffe. Herder schrieb eine Formel an die Tafel und drehte sich um. »Deutschland sucht ... ach was, die ganze *Welt* sucht den Superstar. Aber wer oder was ist eigentlich ein Superstar?«

Unter Gelächter wurden verschiedene Namen gerufen und einige Lieder aus der aktuellen Staffel gesungen. Herder hörte sich das an, dann sorgte er mit einer Handbewegung für Ruhe. »Letztes Jahr ist Simone Schwerfel an Krebs gestorben. Erinnert ihr euch an diese Mitschülerin? An Simone? Die Rothaarige?«

Schlagartig wurde es totenstill. Herder fuhr sachlich fort: »Simone Schwerfel litt an Blutkrebs, oder anders gesagt, an einer chronischen Form der myeloischen Leukämie, auch CML genannt.«

Eisige Stille im Raum. Herder deutete auf die Tafel. »Dies ist die Formel eines amerikanischen Superstars, Leute. Für ein neues Medikament gegen Simones Krankheit. Der Erfinder ist Wissenschaftler.«

»Wieso musste Simone dann sterben?«, rief jemand aus der vierten Reihe wütend. Jan drehte sich um, genau das wollte er ebenfalls wissen.

Herder sah traurig aus. »Ihr könnt mit Singen und Tanzen Karriere machen oder eure Schulmannschaft nach vorn bringen. Ihr könnt in Sport und Unterhaltung ganz groß werden. Aber das macht keinen Einzigen von euch zu einer wichtigen Person oder gar zu einem Superstar. Echte Superstars existieren nur in der Wissenschaft!«

Herder deutete auf die Formel an der Tafel, bevor er sie wegwischte. »Dieses Medikament ist erst seit wenigen Wochen auf dem Markt. Forschung und Wissenschaft spielen leider immer gegen die Zeit. Wir brauchen noch viele neue Stars, um Probleme wie dieses zu lösen.«

Ein Mädchen hinter Jan schniefte leise.

»Wenn ich eure Gefühle verletzt haben sollte, tut es mir leid. Mein Beispiel soll nur verdeutlichen, dass wir im Unterricht keine Zeit verschwenden werden. Um Grundlagen für möglichst viele zukünftige Stars zu schaffen ... Vielen Dank für eure Aufmerksamkeit. Warum ihr nicht rauchen sollt und was die Sonne auf eurer Haut anrichten kann, wird Thema der nächsten Stunde sein. Aber fürchtet euch nicht!« Damit warf Herder den Tafelschwamm ins Waschbecken und ging.

Jan blieb sitzen, während seine Mitschüler murmelnd den Raum verließen.

Erik neben ihm sprang wütend auf. »Der Herder spinnt doch!«

»Wieso? Er hat Recht«, gab Jan zurück.

»Hast du sie noch alle? Der zieht die ›Nur Wissenschaftler sind Superstars‹-Nummer in jedem seiner Kurse durch. Weiß ich von meinem Bruder.«

Doch Jan hatte Herder verstanden. Glaubte er zumindest.

»Herder will Interesse für sein Fach wecken.«

»Mit toten Mitschülern, denen man erst hätte helfen können, als es zu spät war?«, schnaubte Erik.

»Ja«, nickte Jan, »weil es niemals zu spät ist.«

Der Gong ertönte. Während die Jungs vom Biologieraum in den Flur einbogen und im Strom der Pausenwütigen auseinandergetrieben wurden, rief Erik hinter Jan her: »Du bist bekloppt. Weißt du das?« Jan reckte seinen Mittelfinger Richtung Decke. Hinter seinem Rücken konnte er Eriks meckerndes Gelächter hören.

Die Räume des Aquazoos waren dunkel und angenehm kühl. Becken mit Fischen, Reptilien und Amphibien waren beleuchtet und temperiert, den Bedingungen der verschiedenen Lebensräume angepasst. Sie leuchteten wie Fenster ferner Welten in die stillen Gänge. Außer Jan schienen an diesem frühen Nachmittag im Juli kaum Besucher im Zoo zu sein. Besonders den Terrarien mit Reptilien und Amphibien gehörte Jans Leidenschaft. Er wanderte begeistert durch die dunklen Räume mit den faszinierenden Ausblicken in fremde Welten: Wüste. Savanne. Die Tropen. Tiere unter und über Wasser. Für jeden Lebensraum ein Fenster in die andere Welt. Jan konnte nie genug davon bekommen. Er klebte an den Scheiben und drückte sich die Nase platt, bis er eine Stimme hinter sich hörte: »Hey, Professor!«

In der Mitte des Raums mit tropischen Fröschen befand sich eine Bank aus dem gleichen dunklen Stein, aus dem auch Wände und Boden des Zoos bestanden. Mona lehnte sich vor und betrachtete Jan mit einem amüsierten, aber auch müden Ausdruck im Gesicht. Jans Herz machte einen Satz! Seine Gedanken ebenfalls: *Hey! Wo warst du? Warum lächelst du so? Woher weißt du, dass ich hier bin? Darf ich dich küssen? Bleibst du bei mir? Oder haust du gleich wieder ab?*

Wo warst du? Darf ich dich umarmen? WO ZUM TEUFEL warst du?
»Hey.« Jan stand auf, stellte sich neben Mona und versuchte gelassen zu wirken. Cool.
»Ich war noch nie hier.« Mona kicherte. »Sollen wir 'n paar von den Quakern aufblasen? Ich hab Strohhalme dabei.«
»Hast du nicht!«
»Nee. War nur 'n Scherz.«
Jan führte Mona zu einem Terrarium neben der Bank. Er deutete auf einen winzigen gelben Frosch, der Jan und Mona bewegungslos durch die Scheibe ansah.
»Phyllobates terribilis«, sagte Jan.
»Ziemlich gelb, der Kleine. Ist er bei der Post?«, grinste Mona. »Der könnte auf meinem Daumen sitzen.«
»Wenn du den Daumen danach ableckst, würdest du sterben«, antwortete Jan.
Mona beugte sich vor. Interessiert beobachtete sie den Frosch. »Ehrlich?«
»Indianer in Südamerika tragen diese Frösche in kleinen Bastkörben bei sich. Sie reiben ihre Pfeilspitzen über den Rücken des Froschs und jagen damit. Wer getroffen wird, stirbt. Es gibt kein Gegengift!«
»Uhh«, sagte Mona, während der tödliche Zwerg auf winzigen Beinen Deckung hinter einer Wurzel suchte. Ende der Vorstellung. Mona grinste. »Hey, ein Witz: Was ist grün und wird auf Knopfdruck rot?«
»Frosch im Mixer«, sagte Jan. Den kannte er und lachte nicht. Sondern sah Mona unendlich traurig an. Kein guter Witz. Kein guter Tag.
»Du stehst auf diese Sache, oder? Froschmann?«

Jan schwieg und sah zu Boden. *Ich steh auf dich, Mona! Nenn mich doch wieder Jannick, so wie früher. Ich kann den Weichspüler aus deinen Klamotten riechen. Ich kann DICH riechen! Und weiß genau, wie dein Kuss geschmeckt hat. Du hast gelacht, in diesem kleinen Wäldchen. Im Knutschparadie ... Du hast den Wald doch umgetauft! Mann, haben wir gelacht! Ich vermisse dich! Gehe meiner ganzen Sippe auf den Sack. Weil du mir fehlst. Was ist denn bloß passiert?*

»Alles klar bei dir?«, fragte Jan vorsichtig.

»Ja ... nee. Nicht wirklich.« Mona hatte Ränder unter den Augen, die Jan vorher nicht aufgefallen waren.

»Was ist denn?«

Mona stand auf und entfernte sich ein paar Schritte von Jan. Klopfte an eine Scheibe, sah in das Terrarium und wandte sich Jan zu. Der immer noch nach den richtigen Worten suchte. »Wo ist der denn plötzlich?«

»Versteckt sich. So wie du.«

Jan kapierte den Fehler, bevor sein Spruch bei Mona ankam. Ihr Gesicht verdunkelte sich.

Gleich wird sie »Arschloch« sagen, so wie Nina eben. Ich benehme mich ja auch wie eins!

Doch während Jan die Luft anhielt, murmelte Mona: »Wird schon seine Gründe haben zu verschwinden.« Dann klopfte sie an die Scheibe: »Hallo! Komm wieder raus! Wir benutzen Strohhalme nur zum Trinken, versprochen!«

Jan lachte auf. Viel zu laut. Kam sich wie ein Idiot vor und folgte Mona zur Bank zurück. Sie küsste Jan auf den Mund. Ihre Zunge streichelte ganz vorsichtig über Jans Lippen. Es war wunderbar, doch Jan konnte es nicht genießen. Er küsste ihr Muttermal über der Oberlippe, vergrub seinen Kopf in ihrem Haar und machte sich Sorgen, ohne begründen zu können, warum. Ein mulmiges Gefühl. Ein Klumpen in seinem Magen, der seine rasende Verliebtheit seit einiger Zeit zu erdrücken drohte. »Was ist los mit dir, Mona?«

»Du wiederholst dich, Froschmann«, lächelte Mona und stand auf. »Wir sehen uns auf der Probe.«

Mona war noch nicht ganz aus dem Raum, als Jan ihr hinterherrief: »Hey! Weißt du, was wirklich grün ist?« Sie drehte sich um.

»Hoffnung ist grün.«

»Wieso ist der Frosch dann gelb?«, fragte Mona.

»Der ist giftig!«, antwortete Jan.

»Das bin ich auch«, sagte Mona und verschwand.

Es war das Letzte, was Jan von Mona gerochen, gefühlt, geschmeckt, gesehen und gehört hatte. Jan traf Mona nicht auf der dritten Probe. Er sah sie überhaupt nicht mehr. Und seine Angst sollte später noch viel größer werden als die unbestimmte, dunkle Ahnung im Aquazoo.

AUGUST – Hakenwurf und Horoskop

Das war es also, Liebeskummer! Claudia wollte es vor Jan nicht zeigen, aber fast wäre sie in der Küche in erleichtertes Gelächter ausgebrochen. Jan hatte an ihrer Schulter gelegen, sich den Schweiß aus dem Gesicht wischen, Zweige und Blätter aus dem Haar pulen lassen. Erzählt hatte er nichts. Claudia wollte ihn nicht dazu zwingen. Also hatte sie Jan getröstet, unter die Dusche geschickt und das Abendessen vorbereitet. Sie und Nina wollten ins Kino, hinterher zu McDonald's, daher musste das Essen für die Männer heute früher gemacht werden. Die beiden wollten lieber zu Hause bleiben und fernsehen. Jan hätte gern Pizza bestellt. Wenn die Mädels ausgingen, wäre das nur gerecht, fand er. Doch Ende des Monats wurde die Luft immer dünn in der Haushaltskasse der Reiters. Diesmal besonders, da Jans Fahrrad gestohlen worden war und er spätestens nach den Ferien zu Beginn des neuen Schuljahres ein neues Rad brauchen würde. Frikadellen und Kartoffelbrei zogen bei den Jungs immer, hoffte Claudia. Der Kinobesuch von Nina und Claudia war lange geplant. Natürlich ein »Mädchenfilm«, auf den die Jungs keine Lust hatten. Nina kam zu kurz in der Familie, fand Claudia. Den sehnlich gewünschten Voltigierkurs hatte Nina nicht zum Geburtstag bekommen. Es hatte Claudia fast das Herz gebrochen, mit anzusehen, wie tapfer Nina ihre Enttäuschung schluckte, als sie das Kleid von H&M ausgepackt hatte. Nun wurde auf ein neues Fahrrad für Jan gespart. Denn die Hausratversicherung hatte sich mit einer versteckten Klausel um die Erstattung des Diebstahls gedrückt, diese Mistkerle!

Die Zeiten waren hart, aber nicht hoffnungslos. Die Familie hatte im Mai beschlossen, dieses Jahr auf einen gemeinsamen Urlaub zu verzichten. Offiziell galt das Motto »Urlaub auf Balkonien«.

»Wenn wir einen Balkon hätten«, hatte Dieter hinzugefügt. »Aber dafür fahren wir nächstes Jahr groß weg!«

Nina, Dieter und Jan hatten daraufhin mit Fernzielen wie Barbados und Australien um sich geworfen.

Jan hatte fast die halbe Nacht im Internet verbracht und sich auf die Azoren eingeschworen, bis Claudia dem ein Ende machte. Licht aus! Strom raus! Noch hatte Jan Schule und musste wegen Fußmarsch statt Fahrrad eine halbe Stunde früher aufstehen als sonst. Basta!

Claudia horchte auf, als Jan die Dusche abstellte. Die Urlaubssparmaßnahme war eine Notlüge, die Claudia auf ihre Kappe nahm, um Nina und Jan nicht zu beunruhigen. Dieters Betrieb hatte Anfang des Jahres ersten Mitarbeitern kündigen müssen. Die drohende Pleite schwebte wie ein Damoklesschwert über der Firma. Claudia hatte es sich als ehemalige Bürokauffrau nicht nehmen lassen, die Familie auf einen harten Sparkurs einzustimmen. Lange bevor Dieter auf dem Arbeitsamt nach einer neuen Stelle suchen musste. »Für die Krise rüsten, bevor die Krise kommt«, gehörte zu ihrer buchhalterischen Grundweisheit. Unter der Dusche das Wasser abzustellen, wenn man sich einseifte, war nur einer von vielen Punkten in Claudias Familiensparplan »vor« der Krise. Dass sie nicht die leiseste Ahnung hatte, worin die nächste Krise bestehen würde, konnte man Claudia nicht vorwerfen. Höchstens die Tatsache, dass sie in der Küche zu singen begann, während Jan sich unter der Dusche die Zähne putzte.

Sie singt, verdammt noch mal!
   Als Jan unter der Dusche die Stimme seiner Mutter *»I get no kick from champagne ...«* singen hörte, hasste er sie für einen Moment, während er sich ohne Wasser, eingeseift und frierend, die Zähne in der

Duschkabine putzte. Nicht genug, dass sie ständig an ihm herumfummelte oder herumzuzupfen versuchte, nein: Sie KAPIERTE nicht, worum es Jan überhaupt ging!

In der Küche hatte Jan die Litanei seiner Mutter von wegen »Erste Liebe tut manchmal weh« schweigend über sich ergehen lassen. Den ganzen Stuss! Obwohl er fast explodiert wäre. Er hatte sich die verdreckten Klamotten vom Leib gerissen und unter dem heißen Wasser der Dusche beim Gedanken an Mona wieder zu weinen begonnen. Mona war nicht auf der Theaterprobe erschienen, obwohl sie NOCH NIE eine Probe ausgelassen hatte!

(Mama: »Morgen sieht alles schon wieder anders aus.«)

Mona war das tollste Mädchen, das Jan jemals getroffen hatte.

(Mama: »Mona ist ein Wildfang.«)

Nina hatte ihren Bruder später aufgeklärt, dass damit ursprünglich Pferde gemeint waren: »Wilde Pferde, die gefangen und gezähmt werden müssen.«

Jans Gefühl für Mona hatte nichts mit dem anderen Gefühl zu tun, das ihn beim Anblick der nackten Räkelmädchen im Nachtprogramm überkam, wenn er heimlich ins Wohnzimmer geschlichen war und den Fernseher eingeschaltet hatte. Immer auf der Hut vor Mama, Papa und seiner Schwester. Oder den weit härteren Nummern, die Mädels im Internet abzogen, wenn man die richtigen Adressen kannte. Von denen seine Mutter keine Ahnung hatte. Zum Glück! Natürlich hatte Mona ihn auch geil gemacht. Aber das nur nebenbei. Dazu reichte bei Mona eine winzige Geste in voller Montur.

(Mama: »Du hast doch noch soo viel Zeit, Jan. Genieße es.«)
Monas Blick, wenn sie ihn auf dem Schulhof sah. Ihr Lachen, wenn er einen Witz gemacht hatte. Einfach alles! Er hatte KEINE Zeit mehr!
(»Liebe und Sexualität sind etwas Wunderbares. Aber manchmal auch schwierig, wenn du noch jung bist.«)
Liebe war furchtbar! Im Knutschwäldchen mit Mona hatte Jan den Unterschied zwischen Geilheit und dem komplexen Ding »Liebe« überhaupt erst begriffen.
(»Später wirst du alles verstehen. Glaub mir, Jan.«)
Mit Mona hatte es nur einen einzigen Kuss lang gedauert. Der Schauer war durch seinen Körper gelaufen und hatte Jan über Tage in eine andere Sphäre katapultiert. Wohlig erschüttert. Und Jan vibrierte immer noch.
(»Warte einfach ab. Es wird sich schon alles ergeben.«)
Fortan hing das kleine Muttermal über Monas Lippen wie ein Planet in seiner Galaxis über Jans Bett, wenn er abends mit einem Grinsen einschlief. Ohne das leiseste Bedürfnis, ins Wohnzimmer oder an den Computer zu schleichen, um sich einen runterzuholen. Überhaupt hatten Jans heimliche One-Man-Shows eine völlig ungeile Pause eingelegt, seit er Mona getroffen hatte.
(»Onanie ist ganz natürlich.«)
Denn Jan war bis über beide Ohren verliebt.
(»Verliebt bedeutet noch lange nicht Liebe, weißt du ...«)
Jan liebte Mona. Mona war verschwunden. Jan

würde sie finden. Basta. – *O Mann, ich klinge wie Mama!*

Während aus der Küche die Stimme seiner Mutter mit dem Refrain von Sinatras Klassiker zu hören war, »*I get a kick out of you!*«, und Jan, mit der Zahnbürste im Mund, die Seife ins Auge lief, fiel ihm eine alte Angewohnheit ein. Er drehte das Wasser auf und bekam eine wohlige Gänsehaut, als der heiße Regen endlich wieder auf ihn herunterprasselte.

In seiner besten Basketballzeit hatte Jan Würfe trainiert, wo immer er war: Eiswürfel in volle Gläser, Weintrauben an den Hinterkopf seiner Schwester. Leere Coladosen in den Mülleimer auf dem Schulhof.

»Du musst dir das Ziel vorstellen, die Augen schließen«, hatte Anastasopoulos, Sportlehrer und ehemaliges Mitglied der griechischen Basketball-Nationalmannschaft, beim Training wieder und wieder gepredigt. »Dann triffst du alles!«

Ungefähr zu dieser Zeit hatte Jan damit begonnen, unter der Dusche nach dem Zähneputzen mit geschlossenen Augen und seiner Zahnbürste in der Hand Hakenwürfe zu üben. Im Feld hatte man keinen Platz, wenn der Block stand. In der Duschkabine ebenfalls nicht. Im Feld verdeckt der Gegner oft den Blick auf den Korb. Das war einer der Gründe für Anastasopoulos, seinen Schülern Konzentration für blinde Würfe einzutrichtern. Die Duschabtrennung im Badezimmer bestand aus mattiertem Plexiglas.

»Du musst das Ziel vor deinem inneren Auge haben«, hatte Sopou gepredigt. Früher ein Anlass für Jan, nach dem Zähneputzen unter der Dusche die Augen zu schließen, um mit einem Zahnbürsten-Hakenwurf über den Fortgang des Tages zu entscheiden. Triffst du das Waschbecken? Yeah! Das wird ein guter Tag!

Schlechte Tage konnte Jan daran erkennen, dass er seine Zahnbürste mit geschlossenen Augen über die Duschabtrennung warf und seinen Vater traf, der in voller Montur vor der Schicht noch pinkeln wollte, ohne sich vorher anzumelden. Waschbecken nicht getroffen, Ärger! An ganz schlechten Tagen traf Jan mit der Zahnbürste direkt in die Kloschüssel oder den Schrank neben dem Spiegel.

Obwohl Jan alles andere als abergläubisch war, hatte er diese Übung damals zu seinem persönlichen Tageshoroskop gemacht. Die Augen geschlossen, konzentriert seinen Wurf über die Duschkabine ausgeführt. An ganz schlechten Tagen riss die Bürste Claudias Parfum Chanel No. 5 aus dem Regal. Oder verursachte einen kleinen, kaum sichtbaren Riss im Badezimmerspiegel. Nur einen winzig kleinen! Was trotzdem für mächtigen Ärger sorgte. Und ein komplettes und endgültiges Verbot von Zahnbürsten-Hakenwürfen. Jan konnte mittlerweile hören, wo die Bürste landete. Dennoch: Es war jedes Mal spannend, erst fertig zu duschen und dann nach dem Ergebnis zu suchen.

Boden: Schlechter Tag. (Stimmte meistens.)

Ablage neben dem Becken: Mittelgut. (Was öfter vorkam und oft stimmte.)

Waschbecken: Spitzentag! (Was selten genug passierte.)

An dem Tag, als Mona ihn auf dem Schulhof über das Vögelwäldchen aufklärte und danach lächelte, hatte Jan ohne Abprall in einem schönen Bogen mit der Zahnbürste über die Duschabtrennung direkt in den Zahnputzbecher neben dem Waschbecken getroffen. Die Bürste – Borsten NACH OBEN! – war sogar dringeblieben, hatte Jan mit geschlossenen Augen gehört. Und gewusst: Es wird ein absoluter Spitzentag! Der Tageshoroskop-Duschkabinen-Zahnbürsten-Hakenwurf war seit dem Riss im Spiegel absolut verboten. So verboten wie kurz darauf Einseifen bei laufendem Wasser. Oder Licht anlassen im Flur. Milch und Saft aus der Tüte trinken. Pizza bestellen. Oder in Urlaub fahren. Jan bezahlte seine Flatrate aus eigener Tasche und hatte auf ein Handy verzichten müssen, bis er sich über seinen Nebenjob und ein günstiges Angebot das Ding endlich leisten konnte. Und dann auch nur ein gebrauchtes Handy über eBay.

In der Familie stimmte etwas nicht. Vieles hatte sich geändert in letzter Zeit. Es wurde mehr gespart als gelacht – insgeheim fürchtete Jan, dass seine Eltern sich vielleicht scheiden lassen würden. Aber diesen Gedanken schob er weit weg. Er nahm einen Mund voll Wasser aus dem Brausekopf, hielt die Augen geschlossen und atmete aus. Positionierte sich mit der linken Schulter in Richtung Milchglasscheibe und konzentrierte sich auf das Waschbecken, welches irgendwo dahinten im Raum war. Er fand das Becken in seiner Vorstellung, sorgte dafür, dass er mit der Rechten eine flüssige Bewegung für den Wurf machen konnte, und konzentrierte sich.

»Was willst du?«, fragte Sopou alias alter Trainer Anastasopoulos.

Ich will Mona finden.

»Was wirst du dafür tun?«, wollte das ehemalige Mitglied der griechischen Basketballmannschaft für Olympia wissen.

Alles!

»Das wird vielleicht nicht reichen.«
Doch. Ich werde mich KONZENTRIEREN!
Es regnete heiß auf Jan herab. Seine Mutter hatte aufgehört zu singen. Die Welt außerhalb des Badezimmers existierte für einen kurzen Moment nicht mehr. Jan konzentrierte sich mit geschlossenen Augen auf sein Ziel: Das Waschbecken erschien erneut vor seinem geistigen Auge. Die linke Schulter fast an der Duschwand, führte Jan seine Zahnbürste mit einem eleganten Schwung mit der rechten Hand über seine Schulter, seinen Kopf und die Duschabtrennung. Mit geschlossenen Augen wartete er auf das Geräusch.
Wird es doch noch ein guter Tag? Er ist bisher beschissen gelaufen. Wird es besser? Wo ist Mona? Jan hörte nichts. Er riss die Duschkabine auf und stolperte zum Waschbecken, sah auf der Ablage und auf dem Boden nach. Hinter dem Klo. Sogar in der Schüssel, obwohl der Deckel geschlossen war. Nichts! Kein Geräusch, keine Bürste. Gar nichts. Das verdammte Ding war spurlos verschwunden!
Nina klopfte gegen die Tür. »Brauchst du noch lange? Ich muss mich fertig machen.«
»Fünf Minuten«, rief Jan und suchte weiter nach seiner Zahnbürste.

POLIZEI

Das Gebäude war ein hässlicher Betonbau in Grau und Grün aus den Siebzigerjahren. Drei Stockwerke am Rand der Fußgängerzone. Als Jan die Tür zum Vorraum der Wache öffnete, fiel ihm ein leerer Fahrradständer unter dem Polizeischild auf.

Wenn die bei der Suche nach Mona genauso gründlich sind wie bei der Suche nach meinem Rad ...

Jan musste einen Klingelknopf im Vorraum drücken, Sekunden später ertönte eine knarrende Stimme über Lautsprecher: »Ja?«

»Ich möchte eine Anzeige erstatten.« Jan konnte den Beamten, der die Gegensprechanlage hinter dem Tresen bediente, durch die Scheibe sehen. Ein schepperndes Geräusch und Jan drückte die Tür zur Wache auf. Es war stickig und heiß. Der Beamte trug sein verschwitztes Diensthemd mit den oberen Knöpfen offen. Jan trat an den Tresen. Der Beamte bewegte sich so langsam wie möglich.

»Worum geht es?«

»Mein Name ist Jan Reiter. Ich möchte eine Vermisstenanzeige erstatten.«

»Wie alt bist du?«

Was hat das damit zu tun? »Fünfzehn.«

»Wen vermisst du denn?«

Jan konnte am Ton des Beamten und seiner amüsiert hochgezogenen Augenbraue erkennen, dass er hier einen schweren Stand haben würde. Er versuchte es trotzdem.

»Mona Gartenburg. Sie ist meine Freundin und nicht zur Theaterprobe erschienen. In letzter Zeit war sie merkwürdig drauf und ...«

»Moment. Nicht so schnell.«

»Sie ist verschwunden!«

Der Beamte wischte sich den Schweiß von der Stirn. »Gartenburg? Hat deine Freundin mit dem Kaufhaus Gartenburg zu tun?«

Jan nickte. »Sie ist die Tochter.«

Der Beamte klappte eine Holzplatte am Tresen

hoch. Er trat zu Jan auf die andere Seite und rief einer Kollegin zu: »Übernimmst du? Ich muss kurz nach hinten.« Dann führte er Jan durch die Gänge in das Innere des Gebäudes.

»Wie lange kennt ihr euch?«

»Keine Ahnung. Aus der Schule. Drei, vier Jahre?«

»Wie lange kennt ihr euch richtig? Also, ich meine ...«

»Seit wann wir miteinander gehen?«

Der Beamte nickte erleichtert. Jan hatte verstanden, ohne dass er konkreter werden musste. Der Polizist führte Jan in einen fensterlosen Raum mit einem Regal, Schreibtisch, Computer und zwei Stühlen. »Setz dich.« Er weckte seinen Computer aus dem Tiefschlaf.

Cool, dachte Jan und setzte sich auf einen Stuhl an der Stirnkante des Schreibtischs. *Ein Vernehmungsraum. Wie im Fernsehen!*

Wie lange richtig? Das war eine gute Frage. Jan hatte keine Ahnung, seit wann Mona seine »richtige« Freundin war.

JULI – Mona ...

... hatte sich gewehrt. Jeden verdammten Tag. Gegen Küsse, die sie nicht wollte. Gegen seine Hände. Aber sie hatte keine Chance. Mona hatte die Klappe gehalten. So, wie er es wollte. Er hatte Mona bedroht.

Doch eines Tages bestieg Mona den Bus mit einer Tupperdose und einem Gummihandschuh aus der Küche in der Jackentasche. Fuhr in den Aquazoo und suchte das Terrarium neben der Bank, an der sie Jan getroffen hatte. Jan hatte nicht mitbekommen, dass

Mona schon damals versucht hatte, heimlich die Tür zu öffnen. Doch an der Scheibe mit dem tödlichen gelben Frosch aus Kolumbien war ein Schloss, wie sie es von den Vitrinen im Kaufhaus ihrer Mutter kannte. Von den »besonderen Sachen«. Hannelore hatte sich nie gewundert, wenn etwas fehlte: Ohrringe, ein Handy, irgendwas. Sie hatte kaum Augen für ihre Tochter. *Weil Hannelore nie hingesehen hatte. Weil Hannelore einfach immer WEGSAH!* Auch die Angestellten hatten nicht mitbekommen, wenn die Tochter der Chefin mit den Schlüsseln in der Tasche durch das Kaufhaus geschlendert war. Oder sie hatten diskret weggesehen, wer weiß das schon.

Mona durchquerte den dunklen Raum im Aquazoo und sah sich um. Niemand zu sehen. Sie probierte den ersten der Vitrinenschlüssel aus dem Kaufhaus – er ließ sich nicht drehen. Der zweite war ebenfalls eine Niete. Nummer drei ging gar nicht erst ins Schloss und Mona verließ der Mut. Der vierte passte zwar ins Schloss, ließ sich aber nicht drehen. Mona zog ihn wieder ein Stück heraus, ruckelte ein wenig und DREHTE den Schlüssel!

Der gefährliche gelbe Winzling war nirgends zu sehen. Mona zog sich den Gummihandschuh über und hob eine Wurzel hoch, die vor der Rückwand aus Torf zwischen Pflanzen verborgen war.

Wie im Dschungel, dachte Mona. Zwei gelbe Fröschlein sahen sie mit großen Augen aus dem Versteck unter der Wurzel an. Einen der beiden schob Mona mit dem Deckel in die Tupperdose. Hinter ihr waren Schritte zu hören. Die Tür des Glaskastens wollte sich einfach nicht abschließen lassen! Doch Mona ruckelte, zog und schob den Vitrinenschlüssel so lange hin und her, bis sie das Terrarium wieder verriegelt hatte. Schließlich waren diese Frösche tödlich! Sie verbarg die Dose und den Spülhandschuh auf dem Weg nach draußen unter ihrer Jacke.

2

DREI HEXEN IM CHOR:
Schön ist abscheulich
Und abscheulich ist schön.
»Macbeth« – 1. Akt, 1. Szene

August. Erste Theaterprobe. Jan war spät dran. Er raste mit seinem Fahrrad quer über die Kreuzung auf den Weveler Hof zu. Die ehemalige Gaststätte mit Tanzsaal war seit den Siebzigerjahren das Jugendzentrum der Stadt. Man hatte dem Gebäude vor ein paar Jahren zwar neue Fenster, Türen und sogar einen neuen Anstrich verpasst. Doch vor lauter Tags und Graffiti war davon nun kaum noch etwas zu erkennen. Auch die ständig heruntergelassenen Jalousien waren übergangslos als Sprayfläche benutzt worden. Jan konnte sich nicht erinnern, jemals eine davon offen gesehen zu haben. Im Café und dem angrenzenden Tanzsaal wurden an den Wochenenden Discos veranstaltet. Manchmal spielte auch eine Band aus der Stadt. Jetzt, in den Sommerferien, war der Discobetrieb eingestellt worden.

Anna Weiß, die Leiterin des Zentrums, hatte während der Ferien für »daheim gebliebene« Jugendliche eine Theatergruppe gegründet, die sich montags und mittwochs von fünfzehn bis siebzehn Uhr zu Theaterproben trafen. Ende September sollte eine von Frau Weiß eigenhändig gekürzte Fassung von Shakespeares »Macbeth« in der Stadthalle aufgeführt werden. Gekürzt deshalb, weil die Regisseurin weder die Kids als Darsteller noch ihre Zuschauer mit dem Stück im Original überfordern wollte. Es war einfach zu lang für die heutige Zeit. Zu Shakespeares Zeiten wurde während der Show geredet, getrunken und gegessen. »Macbeth« wurde damals als Unterhaltung betrachtet. So, wie man heute Fernsehen konsumiert: entspannt. Mit einem Snack! Während der Aufführungen im Londoner »Globe Theatre« des siebzehnten Jahrhunderts soll es sogar zu Geschlechtsverkehr unter den Zuschauern gekommen sein! Jahrhunderte später war sich die Spielleiterin ihrer anspruchsvollen Aufgabe durchaus bewusst. Der Last, ein modernes, still lauschendes und kunstsinniges Publikum nicht zu enttäuschen.

Anna Weiß seufzte, denn in diesem Moment stand sie mit einem Stapel Papier vor der Bühne, inmitten aufgeregter Jugendlicher, die sich lautstark stritten. Sie bezweifelte in diesem Augenblick, dass die gekürzte Bühnenfassung des »Macbeth« jemals das Licht der Stadthalle erblicken würde. So wenig wie die Gruppe quasselnder Jugendlicher um sie herum ...

Jan rammte das Vorderrad seines Fahrrads in den Ständer neben der Eingangstür. Er überlegte, das Vorderrad mit dem schweren Bügelschloss am Ständer festzumachen, ließ dann aber nur das kleine Schloss hinter dem Sattel einrasten und zog den Schlüssel ab. Ein Fehler, wie sich später herausstellen sollte. Doch Jan hatte es eilig und betrat den Weveler Hof im Laufschritt. Er musste in die Dunkelheit blinzeln, als er aus der Sonne in das stockdunkle Café stolperte.

»Ich bin die Erste Hexe!«, hörte er eine Stimme und wusste, bevor sich seine Augen an die Dunkelheit gewöhnt hatten, von wem diese wütenden Worte stammten. Sein Herz machte einen Sprung. Mona war da!

Jan eilte in den Tanzsaal. Die Theatertruppe hatte sich um Anna Weiß geschart. Jan beobachtete von der Tür aus, wie die untersetzte Frau mit Brille und Pagenhaarschnitt vergeblich versuchte, sich bei den Schauspielern Gehör zu verschaffen, die in Straßenkleidung mit ihren Texten gestikulierten. Jan war verwundert, eigentlich hatte er gedacht, die Truppe in Kostümen zu sehen. Mona sah wie immer wunderbar aus, sie wiederholte: »Ich bin die Erste Hexe!«

»Mit dem Zickenaufstand bist du auf jeden Fall qualifiziert«, kam es ätzend von Ralf, den Jan aus seiner Parallelklasse kannte. Jan wunderte sich, dass der Basketballstar seiner Schule hier Theater spielen wollte, statt seinen Hintern unter Palmen in die Sonne zu legen. Schließlich gehörte Ralfs Vater das größte Autohaus der Stadt.

Ein Mädchen, das Jan vom Schulhof kannte, baute sich vor Mona auf. Neben dem fast zwei Meter großen Ralf sah sie winzig aus. Trotz der Klötze als Sohlen unter ihren Turnschuhen.

»Ich will diese Rolle!«, sagte das Mädchen mit einer Stimme, die Glas schneiden konnte. Sie schniefte trotzig und drehte Jan, der immer noch in der Tür stand, den Rücken zu. Fasziniert beobachtete er die beiden Ausläufer ihres tiefschwarzen Tribal Tattoos, die sich rechts und links der Wirbelsäule vom Hosenbund aus über ihre Haut schlängelten, um unter dem bauchfreien Top zu verschwinden. Sie stampfte wütend auf – allerdings nur ein dumpfes Geräusch, wegen der dicken Gummisohlen ihrer Turnschuhe. Sie hatte ein rotes Bandana in Piratenart um den Kopf geknotet, zerknüllte einen Zettel und brach in Tränen aus.

Mona versuchte es freundlich: »Sylvie. Wir haben gelost und ...«

»Ich will nicht die ZWEITE Hexe sein!«, kam es schniefend von Sylvie zurück, die Jan an eine Kleinstadtvariante von Christina Aguilera erinnerte.

Anna Weiß versuchte zu beschwichtigen: »Erste, Zweite und Dritte Hexe sind keine Rangordnung. Ihr seid ein Team von Hexen ... Alle gleich wichtig! Wirklich, Sylvie!«

Es war vergeblich. Das Mädchen heulte Rotz und Wasser.

Ralf knallte die Kopie seines Textes genervt auf die Bühnenkante. »Das fängt ja gut an.«

»Du musst gerade reden«, giftete ein Junge mit Pickeln zurück, »du hast den Macbeth gezogen!«

Ralf zuckte arrogant mit den Schultern und ignorierte den Einwurf.

Ein Mädchen mit blonden Zöpfen trat zu Ralf, stellte sich als Lady Macbeth vor und begann mit ihm zu flirten. Die anderen entfernten sich von der weinenden Sylvie, Mona und Frau Weiß, die leise auf Mona einredete. Sie steckten ihre Zettel mit den Rollennamen ein und blätterten betont interessiert in ihren Textseiten. Jan kannte nur Mona, Ralf, die Leiterin und zwei andere Jungs mit Namen. Und Erik, neben dem er in Bio saß. Jan kam sich komisch vor, allein herumzustehen, und ging zu ihm.

»Hey, Rik.«
»Hallo. Auch bei der tollen Truppe?«
»Weiß nicht. Was ist denn los?«
Erik zuckte mit den Achseln. »Frau Weiß hat alle Rollen auf Zettel geschrieben und uns ziehen lassen. Anscheinend keine gute Idee.«
Im Hintergrund nickte Mona Frau Weiß zu. Sylvies Tränen waren plötzlich versiegt. Auf ihrem Gesicht erschien ein strahlendes Lächeln. Sylvie wollte Mona umarmen, doch Mona ging in Deckung.
Jan fragte Erik: »Und wer bist du? Ich meine, wen spielst du?«
»Banquo.«
»Aha.«
»Sagt dir das was?«
Jan grinste Erik an: »Nö. Nicht die Bohne.«
Erik brach in meckerndes Gelächter aus. »Mir auch nicht.«
»Wer soll ich denn sein?«, wollte Jan wissen.
»Du bist MacZuspät«, hörte er Mona hinter sich.
Jan drehte sich freudig um.
»Ich hab für dich gezogen«, sagte Mona und reichte ihm einen Zettel.
»Macduff«, las Jan, »hört sich an wie jemand aus Entenhausen. Spiele ich den Neffen von Duffy Duck?«
Wieder meckerndes Gelächter von Erik. Und sogar Monas Miene erhellte sich für einen Moment.
»Du bist der Antagonist.«
»Hä? Der Antawas?« Jan verstand kein Wort. Erik wollte sich schier ausschütten vor Lachen. Anna Weiß klatschte in die Hände, um die Truppe zu versammeln.

»Ich erklär dir deine Rolle später. Unter vier Augen«, raunte Mona in Jans Ohr. Sofort bekam er eine Gänsehaut bis zwischen die Zehenspitzen. Mona roch unglaublich gut! Sie zog Jan vor die Bühne, wo Anna Weiß gerade mit einem Vortrag begann.

Etwas wollte Jan noch wissen: »Wie habt ihr das Problem mit dieser, äh ...«

»Sylvie«, unterbrach Mona leise. »Sieht nicht schlecht aus, was? Hat aber leider nix in der Birne. Verwechselt das hier mit 'ner Castingshow oder so. Sie spielt jetzt die Erste Hexe. Wir haben getauscht. Gefällt sie dir?«

Jan zuckte überrascht zusammen. Was für eine Frage! Mona schob ihn in den Kreis. Anna Weiß nickte Jan zu, während sie darüber sprach, worum es in diesem Stück ging. Doch er konnte sich nicht konzentrieren, sondern sah Sylvie an, die kokett zurücklächelte. Und wurde sich bewusst, dass Mona jeden seiner Blicke gesehen haben musste, seit er im Türrahmen erschienen war. Ralf nickte Jan zu. *Hoheitsvoll*, dachte Jan und ärgerte sich über den überheblichen Arsch, der Macbeth spielen würde.

»Wieso hast du mir 'ne Rolle gezogen?«, flüsterte Jan in Monas Ohr. »Woher hast du gewusst, dass ich kommen werde?«

»Hexen wissen alles«, flüsterte Mona zurück. Und küsste die Stelle unter Jans Ohrläppchen. Nur kurz. Ohne dass jemand es bemerkte.

Wow!

Die Schauspieler der Ferientruppe hatten einen Kreis um Anna Weiß gebildet. Sie neigten konzentriert ihre Köpfe und lauschten den Worten der Regisseurin voller Andacht. Anna Weiß hatte ein Clipboard in der

Hand und fragte die Namen zu den verlosten Rollen ab, um beides zu notieren. Der Junge mit den Pickeln stellte sich gerade als Walther mit »TeHa« vor, Rolle »Duncan«. Er verbeugte sich tief und theatralisch. Alle lachten. Sylvie stupste Ralf in die Seite und grinste ihn an. Das blonde Mädchen namens Julia war Lady Macbeth. Sie stellte sich vor und positionierte sich geschickt zwischen Sylvie und Ralf.

Jan hatte all dies vor Augen, bekam jedoch nichts davon mit. Mona hatte ihn geküsst! Die Heimlichkeit ihrer Geste, vor aller Augen, ihre Lippen an seinem Hals und der gleichzeitige Schnaufer von Monas Nase in seinem Ohr hatten Jan völlig betäubt. Gelähmt vor Glück hörte er die Namen und sah Gesichter im Kreis der neuen Schauspieltruppe. Und konnte doch nur an Mona denken, die direkt neben ihm stand.

»Du bist meine Erste Hexe«, flüsterte er in ihr Ohr. Hätte sich niemals getraut, hier, vor allen, ihren Kuss zu erwidern.

»Na, warte mal ab«, flüsterte Mona zurück.

Warten? Wieso? Worauf? Du machst mich verrückt!,

dachte Jan und bemerkte das Wachstum einer unkomfortablen Erektion. Mona drängte an sein Ohr, herrlich! »Da ist immer noch Sylvie ... Bauchfrei, Arschgeweih«, gluckste Mona. Jan konnte sein Lachen nicht unterdrücken. Plötzlich ruhten alle Blicke auf ihm!

»Ähh ... Jan Reiter, hallo«, stammelte er erschrocken in die Stille, um irgendetwas zu sagen. »MacDonald«, fügte er hinzu. Und hatte keine Ahnung, warum sich plötzlich alle im Kreis vor Lachen bogen.

»Einfach gut! McDonald's ist einfach gut ...«, sang

Ralf lauthals und erreichte damit, dass Erik meckernd zusammenbrach.

»Ich liebe es«, gab Sylvie den Werbeslogan der Burgerkette zum Besten und erntete Gelächter. Der kleine Walther mit den Pickeln zeigte sogar mit dem Finger auf Jan, während er lauthals lachte! Anna Weiß hob die Hände, um für Ruhe zu sorgen. Doch sie hatte keine Chance, brach dann lieber selbst erleichtert in Lachen aus. Ohne es zu wissen, hatte Jan die Theatertruppe mit seinem Versprecher vereint. Im gemeinsamen Gelächter entluden sich Spannungen, lösten sich alle Ängste in Luft auf. Anna Weiß verschaffte sich Gehör, gluckste ein letztes Mal und schnaufte: »Schluss für heute. Lernt eure Texte. Wir treffen uns Mittwoch zur zweiten Probe.«

Erik schlug Jan im Gehen auf die Schulter: »Klasse, Mann!« Dabei kam sich Jan wie ein kompletter Idiot vor!

Das blonde Mädchen mit den Zöpfen steuerte auf Jan zu, drehte jedoch unauffällig ab, als sie erkannte, dass Mona Jans Hand nahm – Lady Macbeth bog ab und eilte Ralf Richtung Ausgang hinterher.

Mona und Jan gingen nach draußen und blinzelten in die Sonne.

»Ich kann das nicht«, stammelte Jan.

»Oh doch. Du bist sogar sehr gut, Jannick«, entgegnete Mona.

Neben den beiden zündete sich Walther eine Kippe an und sah Richtung Bushaltestelle. Jan zog Mona zum Fahrradständer. Er wollte sie bitten, dieses Theater ohne ihn durchzuziehen. Und sich trotzdem mit ihm zu treffen. Das musste doch gehen. Dann fiel sein Blick auf den Fahrradständer.

»Scheiße!«
»Was ist?«
»Die haben mein Rad geklaut!«, rief Jan.

POLIZEI (ZWEITER TEIL)

Der Beamte sah vom Bildschirm auf.
»Du hast Mona Gartenburg seit drei Tagen nicht gesehen?«
»Nicht gesehen, kein Handy, nix mehr!«
»Hat sie mit dir Schluss gemacht? Ich meine ...«
Jan wusste genau, was Polizeimeister Kürten meinte. Oder dachte. Es hielt Jan kaum noch auf seinem Stuhl.
»Nein!«
Der Beamte schob sich vom Schreibtisch zurück und sah Jan kritisch an. »Wo sind die Eltern des Mädchens?«
»Ihr Vater ist vor ein paar Jahren gestorben.«
Der Beamte nickte, als hätte Jan ihn an etwas erinnert.
»Ach so, richtig. Aber wo ist Frau Gartenburg? Hast du mit ihr gesprochen?«
»Monas Mutter ist in Urlaub. Mit ihrem Freund. Mona wollte nicht mit, wegen der Theatersache.«
»Was für eine Sache?«
»Wir führen nach den Ferien in der Stadthalle ›Macbeth‹ auf. Mona ist eine Hexe. Also in dem Stück ...«
Polizeimeister Kürten nickte.
»Mona würde nie eine Probe verpassen! Sie ist völlig verrückt auf Theater. Im Aquazoo hat sie was von verstecken oder verschwinden gesagt. Sie hat mich geküsst und danach war sie weg!«

Der Beamte begann auf seiner Tastatur zu tippen.
»Mona Gartenburg hat dir gegenüber angekündigt, dass sie untertauchen wollte?«
»Nein, sie meinte die Frösche. Aber nicht nur!«
»Welche Frösche?«
Der kapiert überhaupt nicht, wovon ich rede!
Jan sprang auf. Der Polizist sah mitleidig zu, wie er durch den Raum tigerte.
»Wenn Mona allein zu Hause ist, wer kümmert sich dann um sie?«
»Frau Werner, die Haushälterin«, murmelte Jan.
Der Beamte fuhr den Computer herunter. Die Datei war nicht gesichert, wusste Jan. Der Bulle hatte die Anzeige einfach gelöscht! Plötzlich kam Jan das freundliche Lächeln des Beamten diabolisch vor. »Sag Didi, er soll die Haushälterin anrufen.«
Wer zum Teufel ist Didi?, fragte sich Jan.
»Entweder weiß sie, wo Mona ist«, fuhr Kürten fort. »Oder die Haushälterin kann mit Frau Gartenburg Kontakt aufnehmen. Keine Mutter fährt in Urlaub, ohne eine Adresse zu hinterlassen. Vielleicht hat Mona nur eine Freundin besucht, ohne dir Bescheid zu sagen. Oder einen Freund.«
Alles klar. Du glaubst, Mona wäre zum Knutschen übers Wochenende abgehauen und hätte mir nichts davon erzählt. Aber leider hast du keine Ahnung, dass Mona ein Problem hat, von dem sie mir nichts erzählen konnte. Oder wollte ... Moment!
Während Jan auf ein vergilbtes Polizeiposter starrte, auf dem geraten wurde, keine Wertsachen im Fahrzeug zu lassen, spann er den Gedanken des Polizisten weiter. Rasende Eifersucht brandete über Jan zusammen.

Natürlich! Monas Mutter ist mit ihrem Freund weg. Freie Bahn! Mona trifft sich heimlich mit irgendeinem Idioten! Scheiß auf die Theatertruppe!

»Verdammt!«

Polizeimeister Kürten hielt Jan zurück, als dieser aus dem Zimmer stürmen wollte. »Warte, Jan! Nicht so hastig. Didi soll auf jeden Fall die Haushälterin der Gartenburgs nach Mona fragen.«

»Wer ist Didi?«, blaffte Jan den Beamten an.

»Dieter ... dein Vater«, sagte der Beamte und grinste. »Unsere Stadt ist klein. Hier geht niemand einfach verloren. Grüß Didi von mir. Wir waren zusammen auf der Schule.«

Klein, dachte Jan, nachdem er das Gebäude verlassen hatte und sich in der Sonne umsah. »Mona geht nicht verloren. Diese Stadt ist klein«, hatte der Polizist gesagt. Doch Jan machte sich immer noch Sorgen. Sogar größere als vor seinem Besuch auf der Wache. Er zückte sein Handy, obwohl er wusste, dass es sinnlos war. Er rief Mona zum tausendsten Mal an und hörte: »The person you have called is temporarily not available.«

Jan ließ das Handy in der Tasche verschwinden und überquerte die Hauptstraße vor der Polizeiwache in Richtung Fußgängerzone, ohne die Ampelkreuzung ein paar Meter weiter zu beachten. Insgeheim hoffte er, Polizeimeister Kürten würde ihn von der Wache aus bei der Verkehrsregelübertretung beobachten.

Nimm mich doch fest, Bulle!, dachte Jan. Für einen Moment überlegte er, das Haus der Gartenburgs im Süden der Stadt aufzusuchen, um selbst mit der Haushälterin zu sprechen. Doch zu Fuß brauchte er mindestens eine halbe Stunde. Ohne Fahrrad schien Jan die Stadt etwas größer als zuvor. Außerdem war Monas Mutter mit dem neuen Freund ihrer Tochter nicht einverstanden. Und das wusste natürlich auch die Haushälterin. Vielleicht hatte der Polizist recht, sein Vater könnte Frau Werner anrufen. Damit würde die Suche nach Mona offizieller, fand Jan und bog in die Fußgängerzone ein. Wenn er sich beeilte, konnte er den Umweg durch das Einkaufszentrum machen und trotzdem pünktlich zu Hause sein.

PORSCHE FAHREN

Dieter Reiter rülpste. Er mochte Mona. Auch wenn er sich zunächst gewundert hatte, was das Mädchen aus gutem Hause an Jan fand. Sie war zu Besuch gewesen. Claudia hatte Dieter vorher ermahnt, nicht die Füße auf den Tisch zu legen, nicht aus der Flasche zu trinken und danach nicht lauthals zu rülpsen! Worüber sich Nina und Jan regelmäßig schieflachten, weil sich Claudia darüber ärgerte. Dieter hatte sich benommen und die Kaufhauserbin, wie er sie scherzhaft nannte, in seiner bescheidenen Vierzimmerwohnung im Kreis der Familie begrüßt. Mona war schlagfertig, witzig, dabei sehr bescheiden und nicht schüchtern. Das hatte er gemocht. Dieter musste mehrmals über Monas Witze lachen. Was ihm besonders gefallen hatte, war, dass Mona zuhören konnte. Und sich ständig in Jans Nähe aufgehalten hatte, ohne aufdringlich zu sein.

Der Junge war vor Monas erstem Besuch sehr nervös gewesen. Er hatte Claudia sogar dabei geholfen, die Bude auf Vordermann zu bringen. Was bei Jan sonst nur einmal im Jahr, einen Tag vor Heiligabend, vorkam. Jan schien es ernst mit Mona zu meinen. Dieter freute sich insgeheim, als Mona auf dem Sofa vorsichtig eine Hand auf Jans Bein legte, und es gefiel ihm, wie sie seinen Sohn bei diesem Besuch in einem unbeobachteten Moment angestrahlt hatte.

Nun stand Dieter frisch geduscht in der Küche und nahm in Socken und Unterhose ein Bier aus dem Kühlschrank. Die Mädels waren im Kino. Auf dem Herd stand eine Pfanne duftender Frikadellen, daneben ein Topf mit Kartoffelpüree. Dieter öffnete seine Flasche mit der stumpfen Klingenseite des Fleischmessers aus dem Messerblock, nahm eine Frikadelle aus der Pfanne und ging ins Wohnzimmer. In diesem Moment war er froh, dass Claudia ihn nicht ermahnen konnte, eine Hose anzuziehen, den Flaschenöffner zu benutzen und sich mit Teller, Besteck und Serviette auszurüsten, bevor er mit Frikadelle und Bier auf dem Sofa Platz nahm. Jan wollte pünktlich zurück sein. Dann konnte er immer noch den Tisch decken und mit ihm anständig essen. Das hier war nur ein Snack, eine Vorspeise. Dieter rülpste ausgiebig, grinste »Entschuldigung« in das leere Wohnzimmer und schaltete den Fernseher ein. Feierabend!

Ungefähr zur gleichen Zeit marschierte Jan durch die Beethovenstraße. Vorher hatte er die Fußgängerzone durchquert. In der Innenstadt an beiden Kirchplätzen, die die Fußgängerzone begrenzten, und hinter der Bücherei Ausschau nach Mona gehalten. Das Einkaufszentrum in letzter Minute vor der Schließung betreten.

Alle Plätze aufgesucht, an denen Mona sich sonst mit ihren Freundinnen traf. Nur leider waren diese Orte während der Sommerferien fast verwaist. Auch von Mona keine Spur. Die Fußgängerzone war leer, in den Straßencafés kaum Menschen. Die Stadt machte Urlaub. Die meisten Geschäfte schlossen immer noch um halb sieben. Das Kaufhaus Gartenburg erst um acht. Vielleicht, um sich gegen die Konkurrenz von Karstadt und dem Einkaufszentrum zu behaupten, die ebenfalls noch offen waren.

Jan bog von der Beethoven in die Mendelssohnstraße ein. Er hatte den Fußmarsch ins Musikerviertel im Süden nicht geplant. In dieser Gegend waren die Häuser imposanter und die Gärten weitläufiger. Zäune, Bewegungsmelder, Alarmanlagen und »Warnung vor dem Hund« Pflichtprogramm. Jan kannte ein paar Jungs aus dem Viertel vom Sehen. Oder besser: deren Autos. Die älteren Schüler aus dem Musikerviertel fuhren Neuwagen. Keine tiefer gelegten Gebrauchten. Die besten der besseren Söhne fuhren sogar perfekt restaurierte Oldtimer, die in der Stadt Aufsehen erregten. Töchter von Ärzten, Unternehmern und Rechtsanwälten, die im Viertel wohnten, bevorzugten Cabrios. Den neuen TT von Audi zum Beispiel. Doch im Moment waren die meisten Luxusgeschosse entweder unterwegs in den Ferien oder in klimatisierten Garagen mit Alarmanlagen geparkt.

Kurz vor dem Stadtwald bog Jan in die Mozartstraße ab. Obwohl es noch hell war, schalteten vereinzelte Bewegungsmelder Lampen in Vorgärten oder an Haustüren ein, weil Jan den Bürgersteig benutzte. Vorwurfsvoll. So, als wollten sie Jan klarmachen, dass er kein Recht hatte, diese Straßen zu betreten. Besonders nicht zu Fuß. Niemand ging hier zu Fuß! Außer dem Briefträger vielleicht. Das Haus der Gartenburgs lag am Kopf einer Stichstraße. Vergitterte Fensterfront, elektrisches Tor aus geschmiedetem Eisen und ein riesiger Vorgarten. Eine schwarze Limousine parkte in der zweispurigen Auffahrt des Anwesens. Durch das offene Tor der Doppelgarage flackerte blaues Licht. Ein bissiges Zischen begleitete die Blitze aus der Garage.

Jan hatte nicht erwartet, jemanden anzutreffen. Er war erleichtert, dass es Achim war. Nicht Frau Werner, die Haushälterin, mit der Jan schon länger Probleme hatte.

»Acki!«

Der muskulöse Mann in der Garage hatte Jan nicht gehört. Er trug einen roten Overall, lag unter einem aufgebockten Porsche und schweißte den Endtopf des Auspuffs am Heck des Wagens. Jan betrat die Garage und stupste das Bein vorsichtig an, um ihn nicht zu erschrecken. Achim schaltete das Schweißgerät ab, der blaue Blitz verlosch. Er kroch unter dem Oldtimer hervor, setzte seine Schweißschutzbrille ab und stand auf.

»Jan, alles klar?«, grinste der mit Schweiß, Öl und Ruß verschmierte Hüne, der Jan schon bei der ersten Begegnung an eine blonde Version des Privatdetektivs »Magnum« erinnert hatte. Achim war seit fast einem Jahr der Freund von Hannelore Gartenburg.

»Hast du in die Flamme gesehen?«

Jan schüttelte den Kopf.

»Ist nicht gut für die Augen, wenn man ohne getönte Brille reinsieht. Wie geht's dir?«

»Ich dachte, ihr seid in der Karibik«, entgegnete Jan.

Achim kniete nieder und zog Werkzeuge und den Brenner des Schweißgeräts unter dem Sportwagen hervor. »Hannelore ist schon weg. Ich fliege eine Woche später. Will den Wagen vorher noch fertig machen. Bei diesem Wetter ist das kein Spaß, kann ich dir sagen.« Achim sortierte Werkzeug in eine perfekt ausgestattete Werkbank an der Stirnseite der Garage. Er triefte vor Schweiß.

»Wieso geht hier keiner ans Telefon? Wo ist Mona?«, entfuhr es Jan eine Spur zu aufgeregt.

»Die Damen haben es nicht gern, wenn ich an ihr Telefon gehe. Hey … was ist los?«

Jan konnte nicht fassen, dass Achim sich keine Sorgen zu machen schien.

»Mona ist weg!«

»Das weiß ich«, entgegnete Achim, während er sich in einem Waschbecken neben der Werkbank die Hände wusch. »Sie besucht eine Freundin.«

Diese Information gab Jan einen Stich, direkt in die Magengrube. »Hast du mit ihr gesprochen? Sie geht nicht an ihr Handy.«

Achim sah Jan mit einem bedauernden Ausdruck an und trocknete sich die Hände ab. »Du weißt, dass Mona nicht mit mir spricht. Glaubst du im Ernst, sie geht an ihr Handy, wenn sie sieht, dass ich dran bin?«

Nein, das glaubte Jan nicht. Mona hasste den »Stecher« ihrer Mutter. Sie ließ keine Gelegenheit aus, über Achim zu fluchen oder ihn zu beleidigen. Egal, ob er anwesend war oder das Thema nur zufällig auf Achim kam. Zwischen den beiden herrschte tiefste Eiszeit, die von Mona ausging. Dabei fand Jan den Freund von Monas Mutter total nett. Aber er hütete sich, in Monas Anwesenheit Partei für ihn zu ergreifen, wenn sie Achim angiftete. Und Acki hatte bereits einiges einstecken müssen, so viel hatte Jan mitbekommen. Nur in Gegenwart ihrer Mutter hielt Mona sich zurück und beschränkte die Kommunikation mit Achim auf das Nötigste. Natürlich mit Grabesstimme. Achim begegnete Mona mit gleich bleibender Freundlichkeit. Als könnten ihn Monas dauernde Attacken und Spitzen nicht verletzen.

Acki öffnete den Kühlschrank in der Garage neben der Tür zum Garten und nahm zwei Flaschen Bier heraus, die in der stickigen Hitze sofort beschlugen. Jan lief das Wasser im Mund zusammen. Achim öffnete beide Flaschen und reichte Jan eine davon. Sie war wunderbar: eiskalt!

Jan zögerte, bevor er zugriff. Er war mit seinem Vater verabredet, der nicht erlaubte, dass er Alkohol trank. Aber da er die Flasche nun schon in der Hand hatte … Und weil er Acki noch viel fragen wollte … Die beiden Männer stießen an und Jan nahm einen tiefen Schluck, bevor er Achim auf die Terrasse folgte.

Dieter Reiter hatte den Tisch gedeckt und mit dem Essen auf Jan gewartet. Vor dem Fernseher. Er war noch zweimal in die Küche gegangen und mit Frikadellen und Bier auf die Couch zurückgekehrt. Das Programm war bis zu diesem Zeitpunkt nicht der Rede wert gewesen. So unglaublich langweilig, dass ungefähr zur gleichen Zeit, als Jan mit Achim die großzügige Terrasse hinter dem Haus der Gartenburgs betrat, Dieters Kopf auf seine Brust sank.

Jan war zum dritten Mal in diesem Garten und wie immer beeindruckt. Der perfekte Rasen erstreckte sich in alle Richtungen, schien kein Ende zu haben. Auf der anderen Seite der Terrasse befand sich eine Schwimmhalle, eigentlich ein tropisches Gewächshaus, das nahtlos in einen Teich im Garten überging, der ebenfalls zum Schwimmen genutzt werden konnte. Das Grundstück der Gartenburgs grenzte an den Stadtwald. Jan wäre nicht überrascht gewesen, wenn sich der Wald ebenfalls im Besitz der Kaufhausfamilie befunden hätte. Ein Paradies!

Achim ließ sich stöhnend auf eine Teakholzliege fallen und winkte einladend.

»Mach's dir bequem.«

Jan grinste und streckte sich auf einer anderen Liege aus. Das Bier tat seine Wirkung. Er fühlte sich gut. Acki war ein prima Kumpel.

»Willst du etwas essen?«

»Nö. Danke.«

»Sag mal«, Achim beugte sich vor und fixierte Jan. »Hast du Ärger mit Mona? Ist irgendetwas passiert zwischen euch?«

Augenblicklich verspannte sich Jan. Er fühlte sich müde und hilflos. »Nein. Aber sie meldet sich nicht mehr bei mir.«

Achim sah besorgt aus.

»Ich weiß nicht«, fügte Jan hinzu, »Mona war traurig in letzter Zeit. Wollte aber nicht darüber reden.«

»Meinst du, es ist was Ernstes?«

In diesem Moment, auf der Terrasse in der Abendsonne, war sich Jan nicht mehr sicher. Mona war beliebt, sah spitze aus und hatte ihn, natürlich nur im Spaß, ziemlich oft mit der Vielzahl ihrer Verehrer aufgezogen. So lange, bis Jan sie gebeten hatte, endlich damit aufzuhören.

Sorry, Jannick. Ich hab doch nur Spaß gemacht, hatte Mona sich zerknirscht entschuldigt. *Manchmal quatsche ich einfach Mist ...* Dann hatte sie Jan umarmt, unglaublich gut gerochen und alles war wieder gut.

Doch nun fragte sich Jan, ob ihn von Mona nicht doch Geheimnisse trennten. Seit der letzten Begegnung im Aquazoo war er sich nicht mehr sicher.

»Du weißt, dass ich Hannelore sofort anrufen muss, wenn Mona in Schwierigkeiten steckt«, unterbrach Achim Jans Gedanken. Ein eifersüchtiger Stachel steckte tief in Jans Fleisch. Ein solcher Stachel war schon bei der letzten Begegnung im Aquazoo da gewesen, doch damals war es Unsicherheit. Nun war es ein Verdacht. Traurigkeit hüllte Jan wie ein schwarzer Mantel ein. Vielleicht war er nicht der Richtige für Mona. Vielleicht bestand Monas Problem einfach nur darin, Jan die Wahrheit zu sagen. Dass sie jemanden gefunden hatte. Jemanden, den sie mehr liebte als ...

»Jan?« Achim wartete immer noch auf eine Antwort.

Jan schluckte und sah Achim ernst an. »Ist Mona bei einem Freund? Nicht bei einer Freundin? Soll ich davon nichts wissen?«

Achim setzte sich auf. »Glaubst du, ich verheimliche dir etwas?«

»Nein ... War nur so 'n Gedanke«, murmelte Jan.

»Ihr habt Probleme.« Eher Feststellung als Frage.

Jan kam nicht zu einer Antwort, denn in diesem Moment klingelte sein Handy. Während er das

Telefon aus der Seitentasche seiner Hose fummelte, wuchs seine Hoffnung mit rasender Geschwindigkeit. Das konnte Mona sein! Achim sah gespannt zu, wie Jan die Verbindung herstellte und das Handy an sein Ohr presste. Atemlos hauchte Jan in sein Telefon: »Ja?«

»Verdammt noch mal, wo bleibst du? Ich warte auf dich!«

»Ich komme«, entgegnete Jan.

»Aber plötzlich!«

»Bin gleich da.« Jan beendete die Verbindung. »War das Mona?«, wollte Achim wissen.

»Mein Vater«, sagte Jan zerknirscht und schwang die Beine von der Liege. »Wir sind verabredet. Ich muss nach Hause.« Jan hatte ein schlechtes Gewissen, Dieter versetzt zu haben.

Achim stand auf und stellte sich Jan in den Weg. »Augenblick. Wir sind noch nicht fertig. Was ist zwischen Mona und dir vorgefallen?«

»Nichts«, erwiderte Jan eingeschüchtert. Achim hatte sich in voller Größe vor ihm aufgebaut. Tiefe Sorgenfalten auf seiner Stirn. In seinem Schnurrbart glänzte Schweiß.

»Mein Vater ist stinksauer, weil ich noch nicht zurück bin.«

Achim lächelte, doch die Sorgenfalte auf seiner Stirn blieb. »Hilfst du mir, den Porsche abzubocken? Für einen Test? Ich fahre dich nach Hause.«

»Klar!« Jan nickte eifrig.

»Mal sehen, ob ich den Auspuff dicht bekommen habe. Und du erzählst mir alles ... Ich meine wirklich alles! Über Mona und dich, okay?«

Jan versuchte ein Grinsen. Der Gedanke an eine

Testfahrt im Porsche wirkte Wunder. Acki war einer, auf den man sich verlassen konnte.

»Gefällt es dir?«, rief Achim und schaltete in den dritten Gang. Der Porsche machte einen Satz nach vorn und Jan nickte begeistert. In der kleinen Kiste hoppelte man über den Boden, als würde man mit einem Skateboard unter dem Hintern einen Abhang hinunterrasen. Acki beherrschte den Sportwagen und gab ein bisschen an, bemerkte Jan. Die beiden hatten die Fenster heruntergekurbelt. Bei dieser Geschwindigkeit war sogar die warme Abendluft gut zu ertragen. Achim ließ den Motor im Zwischengas aufheulen, bevor er in den vierten Gang schaltete und auf die Schnellstraße des Stadtrings fuhr. Den kleinen Umweg hatte Achim vorgeschlagen und Jan versprochen, dass es schneller ging, als quer durch die Stadt zu fahren.

»Der Auspuff ist jedenfalls dicht«, rief Achim.

»Hört sich so ähnlich an wie der Käfer, den wir hatten, als ich noch klein war.«

»Du hast Recht, es ist tatsächlich der gleiche Motor wie im Käfer. Na ja, fast", antwortete Achim. »Doktor Ferdinand Porsche hat damals zuerst den Käfer als Volkswagen erfunden. Und dann dieses feine Gerät.«

Jan war beeindruckt. »Echt?«

Achim nickte und trat das Gaspedal durch. Der Motor heulte auf und Jan wurde in den Ledersitz gedrückt. Diese Drehzahlen kannte Jan allerdings von dem »Laubfrosch«, wie seine Eltern ihren Käfer genannt hatten, nicht. Er steckte den Kopf aus dem Fenster und brüllte vor Begeisterung, während der

Fahrtwind an seinen Haaren riss. Für einen kurzen Moment war alle Sorge und Traurigkeit, die ganze Angst verschwunden. In diesem Moment, an Achims Seite, fühlte Jan sich stark und frei!

Zehn Minuten später bog Achim in die Schmiedestraße ein. Jan deutete auf einen vierstöckigen grauen Klotz und murmelte: »Hier kannst du mich rauslassen.« Der Porsche rollte vor Hausnummer sieben aus und Achim schaltete den Motor ab. Aus dem Motorraum im Heck war metallisches Klicken zu hören.

»Soll ich mit deinem Vater reden? Schließlich war es meine Schuld, dass du zu spät bist.«

Jan schüttelte den Kopf. »Nee, danke. Das geht in Ordnung.« Er stieg aus und ließ die Wagentür vorsichtig ins Schloss fallen.

Achim beugte sich zur Beifahrerseite und rief: »Hey, Jan. Mach dir keine Gedanken. Mona braucht vielleicht nur eine Pause. Ich melde mich, sobald ich von ihr höre, okay?«

Jan nickte traurig und winkte zum Abschied. Er sah zu, wie Achim den Porsche wendete und um die nächste Ecke verschwand. Jan hatte ein schlechtes Gewissen. Denn dass er bei der Polizei gewesen war, hatte er Achim nicht erzählt.

Aber die unternehmen ja sowieso nix, dachte Jan achselzuckend und holte seinen Schlüssel, der an einem Lanyard um seinen Hals hing, unter dem T-Shirt hervor. Für einen Moment überlegte er, Mona noch einmal anzurufen, bevor er Dieters Standpauke zum Thema Pünktlichkeit über sich ergehen lassen musste. Doch dann überwogen Eifersucht und Trotz. Jan beschloss es zu lassen. Endgültig.

Nur eine Pause, vielleicht hat Acki ja Recht. Schließlich hatte Mona ihn schon aufs Abstellgleis geschoben, als sie noch da war. Warum sollte er sich jetzt noch den Hintern aufreißen? Womöglich störte er Mona nur beim Knutschen mit einem ihrer vielen Verehrer. Ihrem neuen Freund. Jans Augen brannten. Und das lag nicht nur an den verdammten Kontaktlinsen, die er so gut wie nie freiwillig trug. Jan schloss die Haustür auf und stapfte mit hängenden Schultern in die dritte Etage.

Als Dieter den Schlüssel in der Wohnungstür hörte, sprang er vom Sofa und stürmte in den Flur. Mittlerweile in Hose und einem frischen Hemd. Mit Fettfleck. Von einer der sechs Frikadellen, die er beim Warten auf dem Sofa vertilgt hatte. Das Kartoffelpüree stand kalt und unberührt auf der Herdplatte.

»Was soll das? Ich habe auf dich gewartet!«, ging Dieter auf Jan los. »Wo warst du?«

»Mona suchen«, entgegnete Jan matt, »es tut mir leid.«

»Wir haben uns in letzter Zeit viel von dir bieten lassen, Jan. Das muss aufhören! Hast du mich verstanden?«

Jans Nicken nahm den wütenden Wind aus Dieters Segeln. Der Junge sah müde aus, hatte rote Augen und wirkte abwesend. Dieter trat näher zu Jan, fasste ihn an den Schultern und sah seinen Sohn an.

»Was ist los mit dir?« In diesem Moment roch Dieter, dass Jan getrunken hatte. »Du hast 'ne Fahne, verdammt noch mal!«

»Du auch«, kam es trotzig von Jan zurück.

Dieter hatte Jan noch nie geschlagen, aber in diesem

Moment riss sein Geduldsfaden. Nur mühsam unterdrückte Dieter den Impuls, seinem Sohn eine Tracht Prügel zu verpassen. Stattdessen schubste er Jan durch den Flur Richtung Badezimmer.

»Putz dir die Zähne und verschwinde auf dein Zimmer! Hausarrest bis morgen Abend. Dann unterhalten wir uns!«

Jan schien die ungewohnte Härte seines Vaters nicht sonderlich zu berühren. *Was ist nur mit dem Jungen los?*, fragte sich Dieter, während Jan sich an der Badezimmertür noch einmal zu ihm umdrehte und mit einem kläglichen Gesichtsausdruck entgegnete: »Meine Zahnbürste ist weg.«

»Nein, ist sie nicht! Sie steckte in meinem Handtuch«, kam es hart von Dieter zurück. »Das ist auch so ein Punkt. Du wirst das verdammte Ding NIE WIEDER aus der Dusche werfen! Hast du mich verstanden?«

Jan verschwand mit gesenktem Kopf im Bad. Dieter ging wütend an den Kühlschrank. Dann kam ihm eine Idee und er kehrte in den Flur zurück und betrat Jans Zimmer. Hausarrest war keine wirkliche Strafe für Jan. Nicht, solange er auf seinem Computer spielen, Musik hören oder im Internet surfen konnte. Mit dem Laptop hätte sich Jan ohne Probleme für den Rest der Sommerferien im Keller einschließen lassen. Wenn man ihm ab und zu eine Pizza unter der Tür durchschob – kein Problem!

Dieter zog die Kabel auf der Rückseite von Jans Laptop ab und klemmte sich den Rechner unter den Arm. DAS war eine Strafe! Sein Handy, das Jan auf seinen Schreibtisch gelegt hatte, nahm Dieter ebenfalls mit. Dann besorgte er sich in der Küche noch ein Bier. Er bekam wieder Appetit, doch für eine weitere Frikadelle hatte er auf dem Weg ins Wohnzimmer leider keine Hand mehr frei. Dieter war enttäuscht. Er hatte sich auf den Abend allein mit seinem Sohn gefreut. Aber sie hatten es vermasselt, beide.

JULI – MONA ...

Kennst du den: Was ist grün und wird auf Knopfdruck rot?
Mona heulte und drückte auf den Knopf. *Was für eine bekloppte Idee, den Frosch zu klauen, einen Zahnstocher über den Froschrücken zu streichen und das Arschloch damit killen zu wollen!*
Die Schneide des Mixers verwirbelte den kleinen gelben giftigen Frosch – den kleinen gelben giftigen TOTEN Frosch! – zusammen mit Milch. Etwas anderes war Mona nicht eingefallen, als sie den kleinen Kerl mit allen vieren von sich gestreckt in der Tupperdose gefunden hatte. Sie wollte das Arschloch doch VERGIFTEN!!
Mit einem schnarrenden Geräusch verquirlte der Mixer die Milch zu einem Shake aus Beinchen, Augen, Lunge und Herz. Mit winzigen Knochen. Und tödlichem Gift. Mona heulte Rotz und Wasser. Ihr war nichts anderes eingefallen, um den Scheißkerl endlich loszuwerden. Damit meinte sie nicht diesen armen, hilflosen Frosch! Mona drückte so lange mit geschlossenen Augen auf den Schalter des Mixers, bis von dem kleinen Tier nichts mehr zu erkennen sein KONNTE! Von wegen rot ...
Das Ergebnis war schleimig und ekelerregend. Grau! Mona nahm den Aufsatz des Mixers, begann zu

würgen, schaffte es gerade noch bis zum Spülbecken und erbrach sich. Sie drehte das Wasser auf und goss den tödlichen Milkshake in das Becken.

So nicht!, dachte Mona würgend und säuberte das Spülbecken sorgfältig. Ihre Augen tränten. Doch das war Mona gewohnt. Ebenso wie die Mordgedanken ...

3

ERSTE HEXE: Wo warst du, Schwester?
ZWEITE HEXE: Schweine gewürgt.
DRITTE HEXE: Wo du?

»Macbeth« – 1. Akt, 3. Szene

August. Ferienanfang. Der letzte Schultag hatte für Jan großartig angefangen. Spätestens auf dem Pausenhof, als er von Mona erfahren hatte, dass sie nicht mit ihrer Mutter und Achim in die Karibik fliegen würde. Natürlich wieder ganz nebenbei, mit einem verschmitzten Lächeln, hatte Mona auf Jans schüchterne Verabschiedung reagiert. Sechs Wochen in der Stadt ohne Mona ... Jan hatte nur halb so geknickt ausgesehen, wie er sich in Wirklichkeit fühlte. Irgendwie leer und schon jetzt, trotz der knappen Versetzung in seiner Tasche, deprimiert über die tödliche Zeit. Ohne Mona. Dieses Gefühl kannte Jan noch nicht und es machte ihm Angst. Er war verliebt und wurde allein gelassen. Besonders jetzt, nach Schulschluss, als es richtig ernst wurde. Vor diesem letzten Moment hatte er sich gefürchtet. Die letzte Minute mit Mona.

Johlende Schüler stürmten über den Hof Richtung Freiheit, einige Eltern warteten sogar schon in beladenen Kombis auf dem Parkplatz, um von der Schule aus direkt auf die Autobahn Richtung Ferienziel aufzubrechen.

Mona stand mit zwei anderen Mädchen neben dem Haupteingang. Jan hatte gehofft, Mona allein zu treffen. Denn nur dann hätte er den Mut aufgebracht, sie vielleicht zu umarmen und ihr mitzuteilen, wie er sich fühlte. Noch vor wenigen Minuten hatte er den Versuch endgültig aufgegeben, Mona eine SMS zu schreiben. Dutzende von den Dingern hatte er getippt und wieder gelöscht. Alles Stuss!

ich vermisse dich
liebe dich
küsse dich
du wirst mir fehlen
fehlst mir jetzt schon

»Hey, Jannick!« Mona winkte.

Jan trottete auf die Dreiergruppe zu. Die anderen beiden Mädels machten keine Anstalten, sich zu verdrücken und Jan mit Mona allein zu lassen. Eine davon sah ein wenig aus wie Christina Aguilera, nur noch kleiner als die Sängerin. Darüber konnten auch ihre Turnschuhe mit unglaublich klobigen Plateausohlen nicht hinwegtäuschen.

Jan hakte in Gedanken eine Umarmung endgültig ab, versuchte ein Grinsen und murmelte: »Also ... mach's gut. Schöne Ferien.«

Das Mädchen mit den Plateausohlen kicherte und flüsterte mit ihrer Freundin, während Mona Jan ansah, ohne eine Miene zu verziehen. »Sag mal, hast du montags und mittwochs in den nächsten sechs Wochen schon was vor?«

»Häh?« Jan verstand kein Wort.
»Ich brauche dich. Von fünfzehn bis siebzehn Uhr.«
Jan war verwirrt. Wieso grinste diese Schnepfe mit dem Kopftuch neben Mona, als wüsste sie, worum es ging? Bevor Jan wütend werden konnte, fragte Mona mit dem für sie typischen Lächeln: »Du bleibst doch auch zu Hause, oder?«
Jan nickte. Und es war ihm vollkommen egal, was die anderen beiden Mädels von seinem idiotischen Grinsen hielten, während Mona ihm erklärte, was sie montags und mittwochs mit ihm vorhatte ... Mona fuhr nicht weg! Yeah!

Hannelore Gartenburg hatte über Wochen mit Engelszungen auf Mona eingeredet, um ihrer Tochter die Traumreise in die Karibik schmackhaft zu machen. Mit dem einzigen Ergebnis, dass Mona sich für die Ferien ein Theaterprojekt im Jugendzentrum angetan hatte. Sie beide hatten schon lange kein richtiges Gespräch mehr geführt. Der Urlaub schien Hannelore dafür ideal. Natürlich musste sie im Kaufhaus sehr viel arbeiten, doch insgeheim hatte sie schon länger den Verdacht, dass Mona überhaupt nicht mehr mit ihr sprechen *wollte*!
»Die Proben sind mir wichtig! Frau Werner ist doch da«, hatte Mona gesagt. Da »Wernerchen«, wie Achim die Haushälterin liebevoll nannte, sehr gut auf Mona und das Haus der Gartenburgs aufpassen würde, gingen Hannelore die Argumente aus. Sie verließ mit einem beleidigten Achselzucken Monas Zimmer. Insgeheim war sie sogar ein wenig erleichtert, doch das hätte sie vor ihrer Tochter niemals zugegeben.
Mona und Achim eine Zeit lang nicht zusammen

ertragen zu müssen würde die eigentliche Erholung dieses Urlaubs bedeuten. Die beiden waren wie Hund und Katze, wobei Achim in letzter Zeit eher die Rolle eines still leidenden, geprügelten Köters eingenommen hatte. Mona ließ keinen Zweifel daran aufkommen, dass sie den Freund ihrer Mutter nicht leiden konnte. Und mit jedem Seitenhieb, den Achim von Mona einsteckte, sank der Sunnyboy, den sie auf dem Golfplatz kennen- und lieben gelernt hatte, in Hannelores Achtung. Genau das wusste Mona. Mit jeder spitzen Bemerkung trieb sie den Keil absichtlich tiefer in die Beziehung zwischen Hannelore und Achim.

Mona verhielt sich ungerecht und egoistisch ihrer Mutter gegenüber. Doch Hannelore Gartenburg konnte es ertragen. Sie hatte alles ertragen. Die Tränen ihrer Tochter, die ihrem Mann wie aus dem Gesicht geschnitten schien. Die klaren Augen und der entschlossene Ausdruck um den Mund, der sich so gern zu einem Lächeln formte. Bei Christoph und Mona, Vater und Tochter, wunderschön anzusehen. Immer wieder hatte Hannelore ihrem Mann auf den Mund geschaut, während er sie im Schnelldurchlauf von der Einkaufsleiterin des Familienbetriebs zur zukünftigen Chefin eines Kaufhauses ausgebildet hatte. Der Wettlauf mit der Zeit, die Christophs Krankheit ihnen ließ, bestimmte das Tempo. Und die Zeit war gerast! Immer wieder waren Hannelore die Tränen gekommen, wenn ihr klar wurde, dass sie die Stimme ihres Mannes nicht mehr lange hören, seine Lippen nicht mehr lange küssen würde. Die Ärzte hatten ihm Monate in Aussicht gestellt, vielleicht noch ein halbes Jahr. In Wirklichkeit waren es nur wenige Wochen gewesen. Christoph hatte in dem Wettrennen gegen den Krebs nicht die Pole-Position bekommen. Das Rennen war vorbei, bevor es richtig begonnen hatte. Trotz der Fachärzte in der Schweiz. Doch Hannelore hatte den Verlust ertragen. Sie hatte das Kaufhaus übernommen und geführt. Alles ertragen. Sie hatte ihren eigenen Schmerz überlebt. Sie hatte Mona beschützt, so gut sie konnte. Und ihre Tochter getröstet, als Christoph gegangen war. Es gab nur zwei Dinge, die Hannelore Gartenburg nicht ertragen konnte. Zuerst die Gewissheit, dass in Mona etwas zerbrach, als Christoph starb. Was sie als Mutter weder heilen noch reparieren konnte. Das andere war die Angewohnheit ihres verstorbenen Mannes, die Lippen zu spitzen, wenn er sich auf die Lösung eines Problems konzentrierte. Um kurz darauf reinen Tisch zu machen und das Problem zu beheben. In diesem Punkt war Mona ihrem Vater so ähnlich!

Was Mona nicht wissen konnte: Hannelore schämte sich neuerdings in stillen Momenten für ein Gefühl, welches ihr Angst machte. Sie hatte sich heimlich zu freuen begonnen. Auf den Tag, an dem ihre Tochter endlich das Haus verlassen würde. Für immer. Sie konnte es nicht länger ertragen!

HAUSARREST

Jan starrte auf die Schreibtischplatte. Dann auf die Wand dahinter. Muster, Muster, Muster, irgendwas mit Streifen und Bällen. Tausendmal gesehen, keine Ahnung, was das war. Kinderzimmertapete halt!

Hausarrest ist Shit! Jan starrte ein Loch in die

Schreibtischplatte. Dort, wo vorher sein Computer gewesen war. Ein Loch mit Staub an den Rändern. Der erste Teil seiner Strafe war cool gewesen: ausschlafen.

Der zweite Teil war Hunger. Claudia hatte ein Brot mit Schinken und eine Flasche Sprudel gereicht. So weit okay: Frühstück im Bett.

Aber jetzt? Seine Bücher hatte Jan alle gelesen. Die Tapete kannte er ebenfalls.

Jan marschierte im Schlafanzug in seiner Zelle auf und ab. *Das ist also mein Zimmer. Hallo, Schrank! Hallo, Schreibtisch, hallo, zerwühltes Bett. Jemand sollte dich machen. Hey, warum steht der Monitor so nackt herum? Ach, genau. Weil GESTERN mein Laptop daran angeschlossen war. Tolle Sache, das. Ein Rechner mit zwei Bildschirmen. Du parkst das Auswahlmenü auf dem Bildschirm des Laptops und spielst die volle Breitseite auf dem großen Monitor. Du kannst die Maus sogar auf den anderen Monitor rüberziehen. Alles geht! 'ne Spitzenidee. Bis gestern. Die anderen schleppen ihre lauten, mit Ventilator betriebenen Kisten zur LAN-Party. Und du bist leise, trotzdem cool mit dem Laptop ... Was? Welcher Laptop? Na, das Ding, das hier GESTANDEN HAT!*

Jan verfluchte Dieter in Gedanken und sah aus dem Fenster. Den Linden vor der Haustür waren vor der Zeit die meisten Blätter abgefallen. Mitten im Sommer. Das musste die Hitze sein. Jan war es egal. Er schlurfte drei Schritte auf und drei Schritte ab. Dann rief er trotzig: »Ich muss pinkeln!«

Obwohl seine Tür nicht verschlossen war, wartete Jan. So lautete die Regel. Kurz darauf öffnete Claudia wortlos die Tür. Im Flur roch es nach Kohl. Jan ging auf die Toilette. Bleckte seine Zähne in den Spiegel und hasste seine Familie. Abziehen, Tür zu, vier Schritte durch den Flur, Zimmer.

Da sind wir wieder, Freunde! Hallo, zerknautschter Bär in der Ecke. Wie geht es dir? Was? Ja, mir ist auch total langweilig. Wir haben uns lang nicht gesehen. Wie lang ist das her? Zehn, zwölf Jahre? Was? Dreizehn? Verdammt, die Zeit rennt! Aber echt. Soll ich dich mal knuddeln? Puh, du staubst, Alter! Macht hier denn keiner sauber?

Jan steckte den Teddy ins Regal und nieste. Auf dem Wecker am Kopfende seines Betts krochen die Zeiger quälend langsam vor sich hin. Dieters Schicht endete um sieben. Heimweg, Duschen, also Predigt nicht vor acht. Jetzt war es erst zwölf. Der Laptop und sein Handy irgendwo anders in der Bude geparkt. Was für eine grandiose Scheiße!

Wieso sind wir nicht in Urlaub gefahren wie alle anderen auch? Weil wir kein Geld haben? Ist das dein Ernst, Teddy? Wieso steigen wir nicht einfach ins Auto und fahren Richtung Süden? Zehn, zwölf Stunden. Nach Italien. Ans Meer? Oder nach Holland, nur drei Stunden, Teddy. Ach so, richtig. Wir haben kein Auto. Nicht mehr. Das ist witzig, Teddy! Kein Auto mehr, kein Meer. Haha. No Handy, no Laptop. Ich drehe gleich durch!

Drei Schritte bis zum Fenster. So musste Knast sein. Draußen winkte ein Junge. Jan konnte ihn durch die nackten Äste der Linde vor dem Haus sehen.

»Erik? Was will der denn?«, entfuhr es Jan. Dann klingelte es Sturm. Jans Zimmertür war nicht abgeschlossen. Aber Hausarrest war Hausarrest. Es klingelte erneut.

Kann endlich mal jemand die verdammte Tür aufmachen!?

Jan presste sein Ohr an die Zimmertür und hörte, wie Claudia den Türöffner drückte. Es dauerte ewig, bis Erik endlich im dritten Stock ankam. Leises Gemurmel zwischen Jans Mutter und Erik, dann schloss sich die Tür wieder. Stille.

Claudia hat ihn weggeschickt! Das gibt es nicht, sie hat ihn tatsächlich ... Jan hetzte zum Fenster, und richtig: Nach einer Weile erschien Erik auf der Straße und begann sein Fahrrad aufzuschließen. Ein ziemlich geiles, teures Teil. Mountainbike von OXFORD.

Ohne noch einmal nach oben zu sehen, wo Jan hinter dem Fenster herumhampelte wie ein Irrer, um auf sich aufmerksam zu machen. Jan klopfte leise an die Scheibe, in der Hoffnung, dass Erik ihn hören würde, seine Mutter im Flur aber nicht. *Guck hoch! Sieh schon hoch, Mann!*

Nichts. Jan riss das Fenster auf: »Erik! Hey!« Endlich sah Erik auf.

»Hallo, Jan. Wieso darfst du nicht raus?«

»Lange Geschichte«, rief Jan leise zurück.

»Was?« Erik sah verständnislos nach oben und Jan lehnte sich, so weit er konnte, hinaus.

»Das ist 'ne lange Geschichte. Was willst du denn?«

»Es ist wegen Mona«, rief Erik hoch.

Plötzlich klopfte es an der Tür und Claudias Stimme war aus dem Flur zu hören: »Sprichst du mit mir?«

Jan bedeutete Erik zu warten, schloss hastig das Fenster und rief zur Tür: »Ja, äh ... Ich hab Hunger! Wann gibt's was zu essen?«

»Bald. Ich bin dabei«, hörte er Claudias Stimme, »wenn Nina zurück ist, essen wir. Halbe Stunde.«

Claudias Schritte entfernten sich und Jan eilte wieder ans Fenster. Er musste unbedingt wissen, was Erik über Mona zu sagen hatte, traute sich aber nicht mehr, das Fenster zu öffnen. Unten auf der Straße gestikulierte Erik. Dann hatte Erik anscheinend eine Idee. Er fummelte etwas aus seiner Tasche und hielt es hoch: ein Handy!

»Ja, tolle Idee«, murmelte Jan, schüttelte den Kopf und zuckte übertrieben mit den Schultern, »nur leider hat mein Vater das Ding.«

Doch Erik gab nicht auf. Er begann in Zeichensprache zu gestikulieren.

»Häh?«, entfuhr es Jan. Doch dann begriff er, was Erik von der Straße aus übermittelte. Er nahm sich Papier und einen Stift vom Schreibtisch.

»Los«, signalisierte Jan nach unten und Erik begann mit seiner Zeichensprache von vorn, während Jan nickte und schrieb: »Null« – Nicken – »eins« – Nicken – »sieben«, »zwei ...«

Jan notierte Eriks Handynummer, machte am Fenster das Zeichen für »okay« und noch etwas, das »Ich rufe später an« heißen sollte. Keine Ahnung, ob Erik es verstanden hatte, jedenfalls nickte er zu Jan hoch und stieg auf sein Rad. Mit einem verzweifelten Blick auf seinen Wecker erkannte Jan, dass »später« noch sehr lange dauern würde. Bis er endlich etwas über Mona erfahren würde.

VORHER: Die zweite Theaterprobe

»Nee, ohne mich! Auf keinen Fall!« Ralf alias Macbeth warf den Besen im hohen Bogen von der Bühne. Er fiel Jan vor die Füße, der von der ersten Reihe aus zusah, wie Anna Weiß auf den erbosten Hauptdarsteller einredete. Neben Macbeth stand Erik, der als Banquo einen Besen mit den Borsten nach oben wie ein Steckenpferd zwischen den Beinen hielt. Erik wieherte, allerdings nicht um das Pferd zu imitieren, das sein Besen darstellen sollte. Sein Lachen klang wie ein kranker Gaul.

Auf einem Hügel, den die Theatertruppe mit braunem Stoff über einer Ladung Bühnenkisten gebreitet hatte, saßen Sylvie und Mona. Die Dritte Hexe spielte ein blasses Mädchen namens Petra, der das Ganze furchtbar unangenehm zu sein schien, seit sie die Bühne betreten hatte. Mona schüttelte genervt den Kopf und rief Ralf zu: »Was willst du, Ralf? Mit 'nem echten Pferd auf die Bühne reiten?«

»Den Kinderkram mit dem Besen mache ich jedenfalls nicht mit!«, kam es von Ralf zurück.

Anna Weiß seufzte und schüttelte den Kopf.

Mona hielt es nicht mehr auf dem Hügel. Sie stapfte mit ihrer wallenden schwarzen Hexenverkleidung über die Bühne, dass es nur so staubte. Die Darsteller hatten darauf bestanden, in Kostümen zu proben, damit es echter wirkte. Frau Weiß hatte nichts dagegen gehabt.

Auf eigenen Wunsch hatte Mona ihrer Verkleidung eine schwarze Gesichtsmaske hinzugefügt. Jan bemerkte, dass Mona da oben auf der Bühne einen anderen Gang, ein ganz anderes Selbstbewusstsein zu haben schien. Sogar ihre Stimme war eindrucksvoller. Ralf schien in Deckung zu gehen, als Mona auf ihn zustürmte.

»Wow. Die kleine Hexe kommt rüber wie Shaft,

wenn er sauer wird«, hörte Jan eine bewundernde Stimme neben sich. »Sexy!«
»Wer ist Shaft?«, fragte Jan den Jungen, der betont cool an einer Zigarette zog.
»Ein schwarzer Cop aus dem Kino. Den kennst du nicht?«
»Nö.« Jan schüttelte den Kopf.
Der Typ neben ihm reichte seine Rechte, mit der Kippe im Mundwinkel.
»Tobias.«
»Ich bin Jan.«
»Alles klar.« Tobias nahm Jans Hand und versuchte ein kompliziertes Handshake-Ritual, gab es dann aber auf, weil Jan keine Ahnung hatte, wie er das Gefummel erwidern sollte. Tobias zuckte mit den Schultern und wandte sich wieder dem Spektakel auf der Bühne zu.
»Schauspieler erzeugen eine Illusion für den Zuschauer. Wenn du nur ein bisschen spielen könntest, würde man dir das Pferd GLAUBEN, verdammt!«, fuhr Mona Ralf an.
Ralf sah störrisch zu Erik, der seinen Besen immer noch zwischen den Beinen hatte und grinsend mit den Schultern zuckte. Ralf stolzierte schnaubend zum Bühnenrand und fuhr Jan arrogant an: »Gib mir den verdammten Besen!«
Jan sah den Besen vor sich auf dem Boden, dann sah er zu Ralf auf und rührte sich nicht von der Stelle. Keinen Zentimeter. Nicht für diesen Arsch!
»Na los, Macdoof! Her mit dem Ding!«
Jan konnte Wut und Unsicherheit aus Ralfs Stimme heraushören. Er verschränkte die Arme und benutzte einen Spruch seiner Mutter, von dem er wusste, dass

er Ralf zur Weißglut treiben würde. Bei Jan hatte das jedenfalls immer diese Wirkung. »Wie heißt das Zauberwort?«

»Fick dich!«, kam es kalt von oben. Ralf setzte mit einem arroganten Sprung von der Bühnenkante, hob den Besen auf und kehrte zu der Truppe zurück, ohne Jan und Tobias eines Blickes zu würdigen.

Tobias stieß die Luft zwischen seinen Zähnen aus. Sie roch nach Tabakqualm und stieg blau in den Scheinwerferhimmel.

»Hier ist absolutes Rauchverbot!«, war die Stimme von Anna Weiß zu hören, während Mona die beiden Reiter für ihren Auftritt instruierte.

Tobias nickte ihr zu und nahm einen tiefen Zug.

Jan hatte nicht zum ersten Mal den Eindruck, dass Frau Weiß die Zügel aus den Händen glitten. Als Regisseurin und Respektsperson hatte sie jedenfalls wenig Chancen, schien es.

Zum Glück hatte Mona den Part der Schauspielführung übernommen, ohne Frau Weiß dabei schlecht aussehen zu lassen. Jan kannte eine schleichende Machtübernahme von seinen Trainingseinheiten beim Basketball. Nicht immer war der ernannte Spielführer wirklich der Chef. In diesem Spiel war es Mona, die die Truppe motivierte, führte und immer den richtigen Tipp auf Lager hatte, wenn Anna Weiß die Ideen ausgingen. Vor Mona hatte man Respekt, weil sie das Stück auswendig zu kennen schien. Weil sie es verstand, die Truppe mit den richtigen Worten auf die Aufführung einzuschwören. Weil sie die Sprache der Truppe sprach. Was man von Frau Weiß nicht gerade behaupten konnte. Sie hatte zunehmend den Part einer nervösen Souffleuse eingenommen, die ihren

Schützlingen den Text zuflüsterte, wenn diese nicht mehr weiterwussten.

Jan wandte sich Tobias zu und lächelte: »Ralf ist ein Arsch. Bei dem musst du aufpassen. Wen spielst du?«

Tobias' Augen verengten sich zu Schlitzen. Er sah konzentriert auf die Bühne. »Ich kenne diese Braut! Aber in Kostüm und Kriegsbemalung ... Wer ist das?«

»Mona Gartenburg.«

Tobias lachte auf. »Na klar, Mona!«

»Mona ist meine Freundin«, fügte Jan nicht ohne Stolz hinzu.

Tobias trat seine Zigarette aus. Er nickte und lächelte. »Sind wir nicht alle Freunde von Mona?« Eine Gänsehaut fuhr Jan über den Rücken. Tobias stand auf, legte eine Hand auf Jans Schulter. »Ich bin gleich dran. Spiele den Angus.«

Jan widerstand dem Impuls, Tobias' Hand wegzuschlagen. Der Typ ging an die Bühnenkante. Mit einem Besen, den Jan vorher nicht bemerkt hatte. Dieser Typ war riesig! Er drehte sich zu Jan um. »Noch was: Ralf ist mein Bruder. Wenn er das nächste Mal etwas von dir will, beeilst du dich. Du tust, was er sagt. Kapiert?« Tobias streichelte seinen Besenstiel mit einer obszönen Handbewegung. »Sonst galoppierst du nächstes Mal mit dem Ding im Arsch nach Hause, Jan Reiter. So heißt du doch, oder?«

Jan nickte wie betäubt. Tobias strich sich die Haare aus dem Gesicht und sprang ekelhaft elegant auf die Bühne. Jan sah zu, wie sich die Brüder Macbeth und Angus in die Arme fielen, Handshake-Ritual und ein paar stille Worte wechselten. Kurz darauf flogen mehrere Besen in eine Ecke hinter der Bühne. Auch der von

Erik. Dann bauten sich die Brüder vor Mona auf. Jan erkannte, dass die Spielführerin in diesem Moment an Boden verlor. Monas Autorität bekam einen Riss. Jan wollte auf die Bühne stürzen, obwohl er noch lange nicht dran war. Er wollte Mona da raushauen. Doch als Mona lächelte und Tobias auf die Wange küsste, entstand ein weiterer Riss. Direkt in Jans Herz.

Sind wir nicht alle Freunde von Mona?

Anna Weiß schüttelte Tobias' Hand zur Begrüßung. Sie formierte die Truppe neu und Mona kehrte auf ihren Hexenhügel zurück. Tobias bekam ein Schwert wie die anderen Krieger. Die Hexen begannen mit ihrem Text. Die Krieger würden ihren Auftritt ohne Pferde bestreiten. Ohne Besen. Doch das bekam Jan nicht mehr mit, denn er hatte die Probe bereits verlassen.

SCHICHT. Ende!

Das Mittagessen war eine stille und unangenehme Angelegenheit. Jan hatte natürlich gelogen, als er Hunger angemeldet hatte. Er würgte unter Ninas und Claudias Blicken ein paar Gabeln Grünkohl hinunter. Die beiden musterten ihn ab und zu mit Seitenblicken und versuchten vergeblich sich zu unterhalten, als sei Jan gar nicht anwesend. Offensichtlich waren sie von Dieter instruiert worden, das bevorstehende Gespräch »unter Männern« nicht vorwegzunehmen. Nach einer Viertelstunde verschwand Jan wortlos in sein Zimmer, warf sich auf sein Bett und starrte an die Decke.

Der Nachmittag verging mit quälender Langsamkeit. Jan fühlte sich furchtbar. Nicht mehr nur weil Mona verschwunden war. Nun hatte er auch noch die Familie gegen sich. Und Stefan, Jans bester Freund, war mit seiner Familie den ganzen August auf Korsika. Stefans Abschied war nur ein Nicken gewesen. Er war sauer, weil Jan ihn und die Freundschaft vernachlässigt hatte, seit er mit Mona zusammen war. Aber war er denn jemals richtig mit Mona zusammen gewesen? Während er darüber nachdachte, kamen ihm die Tränen. Eine große schwarze Wolke braute sich über Jan zusammen. Er drehte sich zur Wand und schloss die Augen.

Dieter stand auf dem Hof seiner Firma und rauchte. Er hatte das Oberteil von seinem Overall um die Hüften geknotet. Trotzdem zogen sich dunkle Streifen von Schweiß vom T-Shirt über die Hose bis in seine Arbeitsschuhe. Er trat seine Kippe aus, leerte den Rest der viel zu warmen Flasche Sprudel in einem Zug und rülpste laut. Ein Kollege grinste, Dieter grinste zurück, setzte seine Ohrenschützer auf und betrat die Fertigungshalle. Seine Pause war vorbei.

Kress & Co. stellte Kunststoffteile für die Innenausstattung von Fahrzeugen her. Oder Stoßstangen. Oder Eierbecher. Oder Kunststoffdosen für die Tiefkühltruhe. Was gerade gebraucht wurde. Im Moment wurden Gehäuseteile für eine Computerfirma gebraucht. Danach war Schluss. Schicht. Ende. Dieter war lediglich weiterbeschäftigt worden, weil er die Maschinen nicht nur bedienen, sondern als gelernter Maschinenschlosser auch reparieren konnte. Er hatte Claudia nichts davon gesagt, dass im Betrieb nur noch selten gegrinst und überhaupt nicht mehr gelacht wurde. Brenner, der Werksleiter, hatte seit Mai einen bitteren Zug um den Mund. Nach und nach hatte er seinen Mitarbeitern die Hand auf die Schulter legen müssen, damit sie die Ohrenschützer abnahmen und ihm aus der lauten Halle ins Büro folgten, wo ihnen die Kündigung in die Hand gedrückt wurde. Aus der Mannschaft von über fünfzig Mitarbeitern waren nur noch elf übrig. Dieter war einer davon.

Er stand an einer vier Tonnen schweren Druckgusspresse und überprüfte gerade die Anzeigen der Hydraulik. Alles in Ordnung mit der dicken Berta. Die Jungs hatten den Maschinen Namen gegeben. Wenn man den ganzen Tag mit den Maschinen verbrachte, wollte man wenigstens wissen, wie sie heißen. Anna, Berta, Claudia ... Im Büro waren die Maschinen, die jeden Tag Tonnen bunten Plastikgranulats zu Eierbechern, Armaturenbrettern oder Gehäusen von Fernbedienungen pressten, nur Nummern.

Dieter zuckte zusammen, als er eine Hand auf seiner Schulter spürte. War es so weit? Brenner machte seine typische Kopfbewegung Richtung Büro, dem Glaskasten im ersten Stock der Fertigungshalle. Auf dem Weg über die Metalltreppe nach oben verfluchte Dieter seinen Chef leise. Weil er bis zum letzten Moment gehofft hatte, die Firmenleitung würde doch noch einen Trumpf aus dem Ärmel ziehen. Einen neuen Auftrag, irgendetwas. Dafür hätte Dieter mehr als nur den Sommerurlaub sausen lassen. Er hätte Doppelschichten zum halben Lohn geschoben. Und Brenner wusste das! Er schloss die Tür zum Büro hinter sich und es wurde ganz still. Brenner deutete auf den Stuhl vor seinem Schreibtisch, aber Dieter wollte die Nachricht lieber im Stehen entgegennehmen.

Brenner versuchte es mit einem Lächeln: »Hast du das Spiel gesehen?«

»Deswegen bin ich wohl nicht hier, oder?«
»Dieter ...«
Dieter sah durch das Bürofenster in die Fertigungshalle. Ohne wahrzunehmen, was da unten wirklich vorging. Die Maschinen pressten Granulat und spuckten Werkstücke aus. Grate wurden entfernt, Werkstücke verpackt und auf Paletten gestapelt. Die Männer ernährten ihre Familien, einige ihrer Frauen hatten in der Verpackung gearbeitet. Sabine hatte sogar extra den Führerschein für Gabelstapler gemacht und es bis unter die letzten zehn geschafft, die noch nicht gefeuert worden waren.

Sie fährt irgendwo da unten herum, dachte Dieter. *Obwohl ihr Mann seit der Kündigung im Februar nichts mehr auf die Reihe bekommt.*

Er sah Brenner an. »Wie lange noch?«

Brenner war grau im Gesicht. Als hätte er seit Wochen nicht geschlafen. »Für dich September, höchstens Oktober. Wir haben Maschine eins und zwei nach Saudi-Arabien verkauft. Die müssen vor dem Versand noch von dir gewartet werden. Es tut mir leid.«

Anna und Berta. Ihr löst den Laden also stückweise auf!

Brenner deutete auf die Kaffeemaschine in der Ecke seines Büros. »Willst du ...?«

»Nein«, sagte Dieter. »Ich brauch jetzt was Härteres.«

Er warf seine Ohrenschützer auf Brenners Schreibtisch und verließ das Büro. September oder Oktober. Nun war es also endgültig.

Die Firma ist hinüber! Ich werde die Mädels überholen, bevor sie an die Saudis verscherbelt werden. Noch vor Weihnachten ist Schluss. Ich werde den

Spind räumen und zum Arbeitsamt marschieren müssen. Aber leider gibt es in dieser Gegend keine Jobs mehr für Maschinenschlosser. Was soll ich Claudia sagen? Dass wir umziehen müssen? Nina geht noch sechs Jahre hier zur Schule. Jan drei, mindestens! Und Weihnachten? Verdammt!

Dieter überquerte den Hof im Laufschritt. Sabine winkte ihm zu und lenkte den Gabelstapler geschickt unter eine leere Palette neben dem Hallentor. Dieter winkte nicht zurück, während er das Werksgelände verließ. Sabines Mann hatte sich nach der Kündigung in der Kneipe gegenüber von Kress & Co. jeden arbeitslosen Tag besoffen, bevor er endgültig verschwunden war. »Gemütliche Ecke«, stand auf dem Brauereischild über der Tür. Die »Ecke« war zu einem festen Begriff geworden, seit die Firma den Bach runterging. Dieter hatte bisher einen Bogen um die Kneipe gemacht. Ein Teil seines Aberglaubens hatte mit der Tatsache zu tun, dass Unglück weiteres Unglück anziehen würde. Doch nun gab es keinen Grund mehr, den Ort der traurigen Gesichter gefeuerter Mitarbeiter zu meiden. Dieter war gerade ein Teil davon geworden. Er öffnete die Tür zur »Ecke«, hörte das Gedudel des Geldspielautomaten, roch kalten Rauch und genoss die kühle Dunkelheit der Kneipe. Um diese Zeit, kurz nach Mittag, war nicht viel los. Dieter setzte sich im Overall auf einen Hocker vor dem Tresen.

»Pils? Oder Alt?«, fragte der Wirt.

»Korn und 'n Pils. Aber unter sieben Minuten!« Der Wirt nickte und hebelte ein Bier aus dem Zapfhahn. Dann füllte er ein Schnapsglas mit Korn. »Scheißspiel gestern, was?«

»Heute auch«, stöhnte Dieter, stürzte das kleine

Glas hinunter und verzog das Gesicht. »Noch einen. Schreibst du an?«

Der Wirt zuckte bedauernd mit den Schultern. »Nee, mein Freund. Nicht bei euch. Damit habe ich schlechte Erfahrungen gemacht.«

Dieter kramte Geld aus der Tasche des Overalls und legte es auf den Tresen.

»Willkommen im Club«, sagte der Wirt und füllte das Glas mit Korn.

Dieter nickte und schluckte sein Bier in einem Zug. Im Hintergrund dudelte ein Automat. *Wartet darauf, Geld auszuspucken. Aber nicht für Verlierer,* dachte Dieter und trank den zweiten Korn, während der Wirt das Geld vom Tresen nahm.

Für 'n gepflegten Absturz wird meine Kohle reichen. Dieter nickte dem Wirt für einen dritten Korn zu.

ERIK UND DIE KRIEGER

Ungefähr zur gleichen Zeit, im Stadtpark, landete Erik im hohen Bogen im Weiher. Enten stoben verschreckt auseinander und verzogen sich beleidigt. Erik ruderte in der stinkenden Brühe herum. Ralf und sein Bruder Tobias rieben sich am Ufer die Hände.

»Geh uns in Zukunft aus dem Weg«, giftete Ralf. Er hatte eine violette Prellung auf der linken Wange, gleich über dem Wangenknochen, und seine Oberlippe wurde von einer frischen Blutkruste verziert, die immer wieder aufplatzte, wenn er zu viel redete. So wie jetzt.

»Du nervst«, ergänzte Tobias und strich sich die Haare aus dem Gesicht. Er hielt Eriks Handy an sein

Ohr, tat so, als würde er telefonieren, imitierte Eriks Stimme:»›Hallo, Jan. Ich weiß was über Mona ...‹ Wir haben dich beobachtet. Hast du was von unserer Party erzählt, du Ratte?«

»Ihr seid beschissene Schauspieler!«, rief Erik und wischte sich die faulige Brühe aus dem Gesicht. Der Weiher war nicht besonders tief. Erik konnte darin stehen. Das Wasser ging ihm bis zur Hüfte.

Ralf legte Eriks Handy auf die Waschbetonplatten, die den Weiher zur Schulseite hin eingrenzten. Übertrieben vorsichtig, eben wie ein richtig schlechter Schauspieler.

»Du bist ein beschissener Spitzel«, nuschelte Ralf und trat verbissen auf Eriks Handy, bis nur noch Glas- und Plastiksplitter von dem teuren Gerät übrig waren.

»Wenn du ein einziges Wort über die Party verlierst, machen wir das Gleiche mit dir, kapiert?!«, versprach Tobias dem triefenden Jungen im Teich. Er und sein Bruder drehten sich um und gingen zum Ausgang des Parks.

Erik war kein starker oder besonders großer Junge. Seine Eltern beklagten in seltenen Fällen ungezügeltes Temperament bei ihm. Die ganze Familie gehörte eher zu einer besonnenen Art von Menschen.

Erik war kein starker oder besonders großer Junge. Seine Eltern beklagten in seltenen Fällen ungezügeltes Temperament bei ihm. Die ganze Familie gehörte eher zu einer besonnen Art von Menschen.

Eriks Vater war nicht oft ausgeflippt, aber wenn ...! Einmal hatte er den Mülleimer in der Küche zertreten. Der Müll war bis in den Flur geflogen und die Familie erschrocken zusammengezuckt. Eriks Vater war einfach geplatzt. Überdruck oder so, hatte Erik sich den Vorfall damals erklärt. Die Familie hatte nie wieder darüber geredet.

Erik selbst konnte alles schlucken. Er war wie der See, in dem er gerade stand. Nur viel tiefer. Er hatte schon viel geschluckt und irgendwo in seiner persönlichen Tiefe vergraben. Aber das brackige Wasser, zusammen mit der Demütigung dieser beiden Arschgeigen, die sich eben lachend davonmachten ... Er stand bis zu den Hüften in faulenden Brotresten, die Splitter seines Handys lagen am Waschbetonstrand. Überdruck pur! In diesem Moment platzte bei Erik ebenfalls ein Ventil, wie damals bei seinem Vater. Ein großes sogar!

»Macbeth«, brüllte Erik, außer sich vor Wut, »die Hexe wird euch kriegen!«

Ralf ging ungerührt weiter und zeigte Erik den Finger. Ohne sich umzudrehen.

Erik legte nach: »Mona ist schwanger! Oder? Arschloch!«

Ralf blieb stehen. Eriks Worte hatten ihn wie ein Blitz getroffen. Tobias versuchte vergeblich seinen Bruder zu beruhigen. Auf dem Weg zurück zum Weiher, in dessen Mitte Erik stand, schnaubte Ralf: »Was weißt du?«

Erik sah rot. Hatte mit dem Ausdruck nie etwas anfangen können, aber in diesem Moment sah er Ralf tatsächlich durch einen roten Schleier am Ufer stehen.

Erik brannte vor Wut. Ein Gefühl, das ganze verdammte Wasser verdampfen zu können! Doch stattdessen breitete er die Arme aus und fühlte sich plötzlich großartig in der stinkenden Brühe. »Hol mich!«

Ralf verstand nicht.

Erik brach in meckerndes Gelächter aus und patschte in der grünen Brühe herum. »Komm doch rein und hol mich, du bescheuerter Penner!«

Ralf kniff die Augen zusammen und starrte den brüllenden Jungen in der Mitte des Teichs an. Dieses Ventil hatte funktioniert. Erik lachte und spritzte mit dem stinkenden Wasser wie ein übermütiges Kind. Erik hatte mit seinem Vater oft genug Schach gespielt, um eine Patt-Situation erkennen zu können.

Am Waschbetonstrand redete Tobias nervös auf seinen Bruder ein. Ralf schlug dessen Hand weg und fixierte Erik: »Ein Wort über Mona und du bist tot, Alter. Verlass dich drauf!«

»Ich kann den ganzen Tag hier drin bleiben. Es ist herrlich. Komm rein, Arschloch!«, grölte Erik.

Ralf überlegte tatsächlich einen Moment lang, rümpfte dann die Nase, drehte sich um und ging. Tobias folgte seinem Bruder eilig.

Ebenfalls zur gleichen Zeit war Ninas Puzzle gewachsen. Sie lag mit verschränkten Beinen auf dem Bauch, mitten im Wohnzimmer. Die offene Verpackung mit den Puzzleteilen neben sich. Dieter hatte ihr eine Holzplatte spendiert und sogar einen Rand aus dünnen Leisten darauf geklebt, damit seine Tochter mit dem Puzzle umziehen konnte, wohin sie wollte. Nina versuchte gerade eine neue Technik. Nachdem ihre Taktik, zuerst den Rand zu legen und sich von dort zur Mitte hin vorzuarbeiten, nicht funktioniert hatte. Kunststück! Die tausend Teile mit zwei Pferdeköpfen auf einer Koppel bestanden aus Braun für die Pferde, Grün für die Wiesen und viel zu viel blauem Himmel für den Hintergrund. Nun sammelte Nina markante

Stücke, die sie mit dem Bild auf der Packung verglich, und legte kleine Ausschnitte mit den Augen und Nüstern der Pferde. Oder dem Holzpfeiler der Koppel an der rechten unteren Ecke des Bildes. Konzentriert versuchte sie die Verbindungen dieser kleinen Bildinseln auf der Holzplatte herzustellen.

Claudia hatte ihr Bügelbrett neben dem Esstisch aufgebaut und im Fernsehen begann gerade »Unter uns«, die Serie, für die sich Nina am meisten interessierte. Sie setzte sich auf. Es war eine Minute nach halb sechs. »Kann ich das sehen?«

Claudia sah auf die Uhr und nickte. »Sicher, Schatz. Wo bleibt Dieter? Er sollte Jan nicht länger schmorenlassen, finde ich.«

Nina hatte wenig Mitleid mit ihrem Bruder. Sie zuckte mit den Achseln, warf sich aufs Sofa und stellte den Ton lauter. Claudia deutete auf die Platte mit dem Puzzle am Boden. »Aber räum bitte dein Puzzle weg, damit wir nicht darüber stolpern.«

»In der ersten Werbepause, ja?«, bettelte Nina und starrte gebannt auf den Fernseher.

Claudia nickte und bügelte weiter.

Dieter erschien weder vor der ersten Werbeunterbrechung noch konnte er nach dem zweiten Werbeblock über das Puzzle stolpern. Als die Daily Soap um sechs Uhr von den Nachrichten abgelöst wurde, hatte Nina das Puzzle schon lange verschwinden lassen. Claudia war mit der Bügelwäsche durch und machte sich erste Gedanken. Normalerweise erschien Dieter gegen halb sechs. Oder rief an, wenn er noch einen Umweg durch die Fußgängerzone machen und etwas einkaufen wollte. Dieter ging grundsätzlich nach der Arbeit nach Hause, duschte und »kam erst mal runter«, wie er sich auszudrücken pflegte. Als um halb sieben das Star-Magazin begann, schaltete Nina den Fernseher aus, weil sie hörte, wie Claudia mehrmals eine Nummer wählte und dann leise fluchend den Hörer auf die Gabel knallte.

»Was machst du?«

»Ich habe in der Firma angerufen, aber da ist natürlich keiner mehr!«, rief Claudia aus dem Flur.

Dieter verpasste auch die Nachrichten um sieben. Zu dieser Zeit hatte Claudia ihren Sohn bereits offiziell und eigenmächtig vom Hausarrest befreit und mit besorgter Miene das Haus verlassen.

Jan schlurfte im Pyjama auf Socken durch das Wohnzimmer. »Was 'n los?«

»Weiß nicht«, antwortete Nina, »Papa ist nicht gekommen. Mama hat gerade mit einer Sabine telefoniert. Sie muss Papa irgendwo abholen.«

»Das war's dann wohl mit der Predigt«, grinste Jan und gähnte.

»Du hast Schlafstreifen im Gesicht!«

»Du kannst mich mal«, entgegnete Jan unfreundlich und durchsuchte die Wohnzimmerschränke nach seinem Handy und dem Laptop. »Wo hat er meine Sachen versteckt?«

Nina machte grinsend ihr »Ich-weiß-es-aber-sag-es-nicht«-Gesicht, während Jan seine Nase in jede Schublade steckte und sogar unter der Couch nachsah.

»Kalt, ganz kalt«, sagte sie triumphierend.

»Leck mich«, kam es böse von ihrem Bruder zurück. Nina wusste, dass Dieter Jans Laptop und das Handy im Schlafzimmerschrank verstaut hatte. Und wenn der Idiot sich nicht ständig so schlecht benommen und bei ihrem Spielchen mitgespielt hätte … na ja, vielleicht hätte sie ihn noch ein wenig zappeln lassen und es dann verraten. Doch Jan stürmte wortlos in sein Zimmer, kam mit einem kleinen Zettel zurück und wählte eine Nummer. Ebenso hektisch wie seine Mutter kurz zuvor.

Nina verstand nicht, warum sich auf einmal alle so komisch verhielten. Aber dass irgendetwas nicht stimmte, war deutlich zu spüren. Ein verunsicherter und natürlich auch beleidigter Klumpen machte sich in ihrem Magen breit. Sie rauschte an Jan vorbei, der am Telefon stand, und zischte: »Sie hätten dich länger einsperren sollen!«

»Geh mit deinem Puzzle spielen, Baby!«, giftete Jan zurück.

Nina knallte die Tür hinter sich zu, wollte sich auf ihr Bett werfen, doch da lag das Brett mit dem Geburtstagsgeschenk von Jan. Für eine Sekunde wollte sie das verdammte Ding vom Bett reißen und aus dem Fenster schmeißen. Doch dann setzte sie sich auf den Stuhl vor ihrem Schreibtisch, vergrub ihr Gesicht in den Händen und begann leise zu schluchzen, während sie Jan im Flur aufgebracht fluchen hörte. Was hatten die alle? Was war hier bloß los?

»The person you have called is temporarily not available«, hörte Jan zähneknirschend.

»Erik«, brüllte er in den Hörer, »hast du sie noch alle?! Ich soll dich doch anrufen!« Dann rammte er den Hörer auf die Station, dass es knirschte.

Denk nach, Jannick! Wen rufst du zuerst an, wenn du was über MICH wissen willst? Na?, hörte er Monas Stimme und wählte als Nächstes ihre Nummer.

»The person you have called ...« Es war zum Verrücktwerden! Vielleicht war Erik zu Hause und hatte nur sein Handy abgeschaltet. Das Telefonbuch!

Erik, äh ... wie heißt der Typ mit Nachnamen? Erikerikerikerik SCHNEIDER! Oh Mann, das müssen über fünfzig Schneiders sein! Vielleicht hundert!!

Jan hatte keine Wahl. Wenn Erik wirklich etwas über Mona wusste – und sonst wäre er ja nicht extra bei Jan vorbeigekommen –, musste Jan es versuchen, ohne Rücksicht auf die Telefonrechnung.

Eine halbe Stunde und viele falsche Schneiders später hatte Jan endlich Glück. Eine Frauenstimme: »Schneider?«

»Hallo, Jan Reiter, ich bin ein Freund von Erik«, spulte Jan atemlos sein Programm herunter.

Die Pause bei den anderen Schneiders war länger gewesen als bei dieser Frau. Einige hatten sogar wortlos aufgelegt. Diese Frau entgegnete jedoch freundlich: »Guten Tag. Erik ist nicht zu Hause. Kann ich etwas ausrichten?«

»Ja, äh, er war heute bei mir. Ich hatte aber, also ich konnte nicht.« Jan wollte Frau Schneider nicht die ganze Geschichte auftischen und verlor den Faden.

»Kann Erik mich bitte anrufen? Es ist dringend.«

»Versuch es doch auf seinem Handy. Hast du die Nummer?«

HABE ICH! Aber wenn die Telefonstimme noch einmal »temporarily not available« sagt, flippe ich aus!

»Es ist leider ausgeschaltet.«

»Oh, dann ist Erik sicher im Kino. Nur dort macht er sein Handy aus. Du kannst dir nicht vorstellen, was ich schon versucht habe, damit Erik endlich mal ohne Handy ...«

Eriks Mutter kam ins Plaudern. Jan versuchte ruhig zu atmen, mit geschlossenen Augen, ohne wirklich zuzuhören, worüber Frau Schneider sprach. Nach unendlichen Minuten schaffte Jan es, seine Handynummer bei Eriks Mutter zu hinterlassen, bat um Rückruf, dankte höflich und legte stöhnend den Hörer auf.

In der Stille meinte Jan immer noch, die Frau lamentieren zu hören. Doch als er sich konzentrierte, bemerkte Jan, dass es sich um seine weinende Schwester handelte. Auch das noch! Er klopfte vorsichtig an Ninas Tür – keine Reaktion. Dann huschte er trotzdem in ihr Zimmer.

»Hey.«

Nina schniefte und sah nicht auf. Jan hob vorsichtig ihr Kinn. Nina hatte verheulte, rote Augen, womit sie Jans Herz im Handumdrehen brach. Seine kleine Schwester sah erbärmlich aus.

»Es tut mir leid! Ehrlich!« Jan nahm Nina in den Arm und löste neue Tränen bei ihr aus.

»Ihr seid alle so komisch! Was ist denn los?«, kam es stockend von Nina. »Mama war ängstlich, weil Papa nicht nach Hause kommt. Lassen sie sich scheiden?«

»Ach, Quatsch!« Jan lachte, was Nina mit einem erleichterten Seufzer zur Kenntnis nahm.

»Echt nicht?«

»Blödsinn! Lass dich nicht verrückt machen.« »Und warum bist du so komisch?«

Gute Frage. Sehr gute Frage. »Nicht wegen Papa und Mama. Wegen Mona.«

»Immer noch?«, schniefte Nina überrascht.

Jan strich seiner kleinen Schwester tröstend durchs Haar und nickte. Er bemerkte überhaupt nicht, wie lange er schon nickte, als Nina seine Gedanken endlich unterbrach.

»Wieso siehst du immer so traurig aus? Liebst du Mona genauso, wie Mama und Papa sich lieben?«

Aua! Genauso? Quatsch! Wie erkläre ich meiner kleinen Nina, dass ich Mona ... also, dass Mona und ich ... dass es so was nur einmal gibt? Ein EINZIGES MAL!?

»Mama und Papa sehen auch oft traurig aus«, hörte er Nina sagen, die nun ebenfalls traurig aussah. Und weil das alles so kompliziert, so schwer zu erklären und irgendwie verwickelt verrückt war, fiel Jans Lächeln nicht besonders fröhlich aus. Etwa so, als würde ein Schäferhund grinsen. Also traurig – mit Zähnen.

»Ich muss Mona suchen. Und ein Freund von mir, der weiß was über Mona. Aber den muss ich jetzt auch suchen. Damit er mir hilft, Mona zu finden.«

Nina ging ein Licht auf: »So, wie Mama Papa sucht. Und Sabine hat geholfen.«

Tja, wenn das gerade so war und als Erklärung reichte, dann war das halt so. Jan nickte zustimmend, obwohl er nicht die leiseste Ahnung hatte, wovon Nina sprach. Wer diese Sabine war.

»Ich muss mich anziehen und noch mal weg. Sagst du mir jetzt, wo mein Handy ist? Die Nummer lege ich neben das Telefon. Wenn was ist, rufst du mich an, ja?«

»Okay!«

Frau Schneider hatte in ihrem Lamento gesagt, dass Erik im Kino sein musste, wenn sein Handy ausgeschaltet war. In der Stadt gab es nur ein Kino. Genau da wollte Jan so schnell wie möglich hin.

Nina grinste und folgte ihm in sein Zimmer. Sie hatte Jan noch nie auf dem Handy angerufen und sah zu, wie ihr großer Bruder sich ankleidete. »Liebst du mich?«

»Klar«, sagte Jan und küsste seine Schwester auf die Stirn. Dann zog er Sneakers an und schrieb seine Nummer auf einen Zettel.

Im Hausflur dachte er über Ninas Frage nach, ob sich seine Eltern scheiden lassen würden. Auszuschließen war das nicht, befürchtete er insgeheim. Die beiden benahmen sich wirklich komisch in letzter Zeit. Nur schade, dass er ihnen gerade nicht helfen konnte. Im Moment hatte er selbst ein Problem, und was für eins!

Jan eilte in den Fahrradkeller. Erst dort fiel ihm ein, dass er ja gar kein Fahrrad mehr hatte. Verdammt!

Draußen war es immer noch warm. Jan bog vor dem Haus rechts ab, das Kino lag am anderen Ende der Fußgängerzone.

Wenn er sich beeilte, konnte er es in einer Viertelstunde schaffen. *Schon komisch, wie lange es dauert, wenn man zu Fuß gehen muss*, dachte Jan. Und entdeckte auf der gegenüberliegenden Straßenseite ein Mädchen mit Rastalocken, das einen riesigen Hund spazieren führte. *Nein*, dachte Jan und spielte Monas Kussspiel: nur eine Sekunde Zeit, zu entscheiden, ob man jemanden küssen würde oder nicht. Aber wirklich Spaß machte das Spiel nur, wenn er mit Mona richtig vielen Leuten begegnete. Und man sich die »NeinjaneinneinNEIN!Ochjas« mit Mona so richtig um die Ohren pfeffern konnte. Mona hatte sich die Jas von Jan immer ganz genau gemerkt und ihn erst viel später danach gefragt. Jan damit immer wieder in Verlegenheit gebracht.

Warum denn nicht die Rastafrau, Jannick?
»Die knutscht sicher ihren Hund heimlich ab. Das ist eklig«, murmelte Jan und grinste.
Während das Mädchen mit dem Hund hinter ihm verschwand, wurde Jan auf einmal traurig. Weil ihm einfiel, dass er Mona nie gesagt hatte, dass er nur noch sie küssen wollte. Seit er zum ersten Mal so richtig geküsst hatte. Mona ...
Sein Handy klingelte. Jan zerrte es hervor, sah nicht auf das Display, sondern antwortete atemlos: »Ja?«
»Hi, ich bin's ... Ich liebe dich auch!«, tönte es fröhlich.
Jan kamen die Tränen. Er war gerührt. »Du sollst mich aber nur anrufen, wenn was ist, Nina!«, sagte er und schluckte.
»Ich bin immer für dich da!«, antwortete Nina. »Mama und Dieter sind noch nicht zurück. Was machst du? Wo bist du?«
»In der Fußgängerzone«, antwortete Jan.

MONA ...

... hatte gelernt heimlich zu weinen. Während ihrer Flucht aus Amsterdam weinte sie. Niemand auf der Straße, niemand in den Zügen nahm Notiz davon. Mona konnte sehr gut heimlich weinen. Sie kannte die Orte, an denen man still weinen konnte: Schultoiletten, letzte Stuhlreihen in Klassenzimmern, Ecken im Garten oder der begehbare Kleiderschrank ... Mona kannte alle diese Orte. Und sie kannte alle Ausreden, wenn sie überraschend aus Verstecken aufgescheucht wurde. Wenn der Gong sie zwang, wieder unter Menschen zu gehen. Oder ein neugieriger Blick in die letzte Reihe schielte. Mona hatte sogar eine Krankheit erfunden, die alle Neugierigen zufrieden stellte, wenn sie mit roten Augen schniefend in die Wirklichkeit zurückkehren musste: Allergie!

Gräser, Pollen, giftige und ungiftige Frösche, Hausstaubmilben, Weidenblüten – alles gelogen. In Wirklichkeit war Mona eine geschickte Lügnerin geworden, die nur eine einzige allergische Reaktion verbarg: ihren Ekel.

Gegenüber dem Arschloch, das mit ihr tat, was Mona nicht wollte. Ihren Ekel gegenüber dem, was sie hasste und dennoch nicht ändern konnte.

Heul doch!, flüsterte eine Stimme in ihrem Kopf und klang gehässig wie er. Still und heimlich heulen, genau das tat Mona, bis sie umsteigen musste. Natürlich fragte niemand, warum ihr Tränen über das Gesicht liefen.

Ik ben allergisch, hätte Mona geantwortet.

Doch niemand wäre jemals darauf gekommen, zu fragen, wogegen sie wirklich allergisch war. Außer vielleicht Jan. Aber davor und vor der Wahrheit fürchtete sich Mona am meisten.

4

MACDUFF:
> So hab ich meine Hoffnung denn verloren!
>
> »Macbeth« – 4. Akt, 3. Szene

Die Fußgängerzone erstreckte sich in der Mitte der Stadt von der katholischen Kirche am einen bis zur evangelischen Kirche am anderen Ende. Oder umgekehrt, je nachdem, von welcher Seite man auf die mit Verbundsteinen gepflasterte Einkaufsmeile einbog. Dieter hatte Jan erzählt, dass die ehemalige Straße durch die Innenstadt früher eine Hauptschlagader für den Verkehr gewesen war, bevor der Stadtrat dem drohenden Infarkt von Lastern, Lieferwagen und anderen Fahrzeugen mit einer vierspurigen Umgehung begegnet war. Dem »Bypass«, wie die Bewohner der Stadt das Vorhaben damals betitelt hatten. Wenn sie sich nicht fluchend über Ampelphasen beschwerten, die den Verkehr der Umgehung fast ebenso stocken ließen wie früher das Chaos in der Hauptstraße. Bevor dort Bäume gepflanzt, Bänke und Mülleimer aufgestellt worden waren.

Gegenüber der katholischen Kirche lag Karstadt, daneben eine Bäckerei, dann kam Jans Lieblingsladen für CDs und Filme. Jan marschierte an den geschlossenen Geschäften vorüber. Um diese Zeit war kaum noch etwas los. Jan kam am Kaufhaus Gartenburg vorbei, nicht ohne einen kleinen Stich in der Magengrube. Er passierte das alte Rathaus auf der anderen Straßenseite, aus dem Musik dudelte, weil dort mittlerweile eine Kneipe mit Restaurant untergebracht war. Auf dem alten Marktplatz saßen Pärchen mit Kinderwagen und ältere Leute an Tischen unter Sonnenschirmen und schwitzten bei kalten Getränken vor sich hin. *Die können sich wohl auch keine Reise leisten,* dachte Jan, während er an den Angeboten für Pauschalreisen im Schaufenster des Reisebüros vorüberging.

Die Turmuhr der evangelischen Kirche am Marktplatz schlug, gleichzeitig hörte Jan eine Stimme hinter sich: »Jan. Jan Reiter!«

Er drehte sich um und erkannte seinen Biologielehrer, der mit einem Weizenbier vor einer Kneipe saß und ihn heranwinkte.

»Hallo, Herr Herder.«

»Was machst du hier? Seid ihr nicht in den Ferien?« Jan schüttelte nur den Kopf. Er hatte keine Lust, mit seinem Lehrer über die Gründe dafür zu reden. Stattdessen fragte er: »Haben Sie Mona Gartenburg in letzter Zeit gesehen?«

Herder überlegte kurz und sagte dann: »Nein, zuletzt in der Schule. Was ist denn los?«

»Ach, nichts«, entgegnete Jan matt. Er wollte Herder nicht mit der ganzen Geschichte belästigen. Außerhalb der Schule kam Jan sein Lehrer auf eine merkwürdige Art weniger eindrucksvoll und hilfreich vor. Vielleicht, weil er ihn noch nie hatte Bier trinken sehen.

»Du siehst irgendwie anders aus. Müde. Ist alles in Ordnung?«, fragte Herder.

Jan versuchte ein Lächeln: »Kontaktlinsen. Meine Brille ist kaputt. Die Dinger nerven.«

Herder trank einen Schluck und nickte.

Jan hatte es plötzlich eilig. Wenn Erik wirklich im Kino war, wollte er ihn nicht verpassen. »Ich muss los.« Er winkte Herder zu und wollte gehen.

»Wo du gerade nach Mona gefragt hast. Ihre Mutter habe ich gesehen.«

»Wann?«, fragte Jan.

Herder zuckte mit den Schultern. »Vor einer Stunde etwa. Sie kam ebenfalls hier vorbei. Was hast du denn?«

Aber da war Jan schon weg.

Jan rannte bis zum Kino und suchte sich eine Stelle neben dem Haupteingang, von der aus er Erik auf keinen Fall übersehen oder verpassen konnte, wenn die Besucher auf die Straße strömen würden. Seine Gedanken überschlugen sich: *Monas Mutter ist überhaupt nicht in der Karibik! Aber Acki hatte doch gesagt ...*

Eine Welle aus Trauer und Verzweiflung brandete über Jan zusammen. Mona war verschwunden. Die Polizei rührte keinen Finger. Dieter war stinksauer auf ihn und es konnte sein, dass er deshalb nicht nach Hause gekommen war. Plötzlich fügte sich das Ganze für Jan zu einer unüberwindbaren Katastrophe zusammen. Alles schien verwickelt und war einfach nur furchtbar.

Er kniff die Augen zusammen und rieb sie vorsichtig, damit seine Tränen die verdammten Kontaktlinsen nicht auch noch auf die Straße spülen konnten. Er hätte dem Hakenwurf, seinem Orakel unter der Dusche, vertrauen sollen. Er wollte nur noch ins Bett. Sich dort verstecken und die letzten beiden Tage einfach vergessen. Mona abhaken, Theatergruppe abhaken, Licht aus, Strom raus ...

»Feierabend!«, sagte der Wirt und strich den kläglichen Rest von Dieters Geld vom Tresen in seine Hand.
»Was 'n? Schon so spät?«, nuschelte Dieter und sah auf seine Armbanduhr.
»Für dich ist hier und jetzt Schluss, mein Lieber«, kam es freundlich, aber bestimmt über die Theke zurück.
»Is' doch nich ma' zehn!«, protestierte Dieter. Er gab sich alle Mühe, die beiden dicken Männer in Lederwesten zu einem Wirt zusammenzufügen und schüttelte den Kopf. Er hatte zur Mittagspause nur Wasser und Zigaretten gehabt. Die Packung lag nun leer vor ihm auf der Theke. Wie viel hatte er eigentlich getrunken? Keine Spur davon auf dem Tresen. Die Gläser standen schon wieder gespült neben der Zapfanlage. Im Hintergrund dudelte der Geldspielautomat. Draußen war es immer noch hell, wie Dieter durch vier (in Wirklichkeit waren es nur zwei) Buntglasfenster erkennen konnte. Die Tür öffnete sich und Dieter erschien ein Engel.

Er brachte einen Schwall frischer, warmer Luft herein, orientierte sich in der verrauchten Höhle, bis seine Augen sich an die Dunkelheit gewöhnt hatten, und kam auf Dieter zu.

»Claudia!«, lallte Dieter begeistert, rutschte vom Barhocker und breitete die Arme aus.

Doch der Engel machte keine Anstalten, Dieter zu umarmen.

»Das is' meine Claudia«, nuschelte Dieter dem Wirt zu. »Meine Beste, die Einzige! Claudia ... Ich hab sogar 'ne Maschine nach ihr benannt!«

Dem Wirt war die Szene unangenehm. Er räusperte sich und hatte plötzlich in der Küche zu tun. Trotzdem zählte Dieter an den Fingern seiner Hand auf: »Anna ist die Eins, dann Berta. Und Claudia die Drei. Claudia ... Die Größte ...« Er sah seine Frau aus glasigen Augen an. »Sie verkaufen alles! In ein paar Wochen ist Schluss!«

Endlich legte Claudia eine Hand auf Dieters Wange. »Aber du bleibst bei mir! Du bist die Größte, weißt du? Ich liebe dich!«

Claudia nickte stumm. Und lächelte tapfer. Sie ersparte Dieter den Vorwurf, nicht nach Hause gekommen zu sein. In seinem Zustand war auch die Frage überflüssig, ob er etwas gegessen hatte. Claudia hatte seit einiger Zeit täglich damit gerechnet. Es brach ihr das Herz, dass es nun so weit sein sollte. Dieter hatte sich tapfer geschlagen, jede Doppelschicht klaglos übernommen und alles gegeben, um den Betrieb zu retten. Er hatte sich auf Claudias Sparkurs eingelassen, obwohl sein Stolz darunter gelitten hatte, der Familie nicht mehr alles bieten zu können. Nie mussten Nina und Jan den Druck ausbaden, der seit Monaten auf Dieter lastete. Und selbst Claudia hatte er bis zuletzt davon zu verschonen versucht. Der stolze und unbeugsame Dieter. War einfach nur stiller geworden. Nicht mehr so fröhlich wie früher.

Es wäre Claudia lieber gewesen, zu Hause von der Kündigung zu erfahren. Anstatt ihrem schwankenden

Mann dabei zusehen zu müssen, wie er in einer Kneipe gegenüber von Kress & Co. in Tränen ausbrach. Ein merkwürdiges Gefühl breitete sich in Claudia aus. Sie fühlte sich befreit und – leichter!

Es geschah ein Wunder: Der Engel nahm Dieter in den Arm und drückte ihn so fest an sich, dass ihm für einen Moment die Luft wegblieb. Alles begann sich zu drehen. Dieter klammerte sich an den Engel, seine Knie wurden weich. Durch die stickige Luft der Kneipe roch er Chanel No. 5 in einer Mischung, die nur ein einziges Mal auf der ganzen Welt so riechen konnte. Nur ein einziges Mal vorkam: bei seiner Frau! Die beiden drückten sich aneinander, so fest sie konnten. Nur sie beide. Durchbrachen das Dach der Kneipe und stiegen unter schluchzendem Gelächter in den wolkenlosen Himmel auf. Es war vorbei! Was immer als Nächstes kommen würde – die lange Zeit der Sorgen und Unsicherheit, die furchtbare Zeit der Stille war für Claudia und Dieter Reiter vorüber!

Jan sah auf. Der dritte Reiter meinte, am Himmel im Abendrot etwas gesehen zu haben, und rieb sich die juckenden Augen. Verdammte Kontaktlinsen! Erste Besucher strömten aus dem Kino und Jan konzentrierte sich auf den blonden Schopf von Erik. Falls er ihn dennoch verpassen sollte, was vor einem Kleinstadtkino selbst mit Kontaktlinsen mehr als unwahrscheinlich war, hatte Jan noch Plan B: Er wählte Eriks Nummer. Sollte er ihn in der Menge verpassen, würde zumindest sein Handy klingeln. Wenn Erik wirklich so gnadenlos »online« war, wie seine Mutter am Telefon behauptet hatte ...

Jan ging mit dem Handy am Ohr durch die Kinobesucher, sah und hörte sich um. Nichts. Kein Klingelton zu hören, kein Erik weit und breit zu sehen. Nur die verdammte Frauenstimme, die Jan mitteilte, dass der Teilnehmer vorübergehend nicht erreichbar war. Fast automatisch rief Jan auch Monas Handy an, während Kinobesucher sich angeregt plaudernd auf Kneipen, Haltestellen und Parkplätze verteilten. Jan schaltete ab, bevor die Frauenstimme mit dem Sermon »The person you have called ...« erneut nerven konnte, und fluchte, obwohl er sich bei Monas Nummer schon daran gewöhnt hatte.

Wieso hatte Erik die Mailbox nicht eingeschaltet? Wo war der Kerl? Jans Blick wanderte über die Kreuzung. Dann betrat er das Foyer des Kinos. Eine alte Dame mit lila Haaren leerte Aschenbecher in einen Plastikeimer, der früher Krautsalat transportiert hatte, wie Jan lesen konnte. Er sprach sie an: »Entschuldigung. War das die letzte Vorstellung für heute?«

Die Dame nickte ohne Jan anzusehen und verschwand wortlos mit dem Eimer voller Kippen in einem Hinterzimmer.

Lass es, flüsterte eine Stimme, die Jan hasste. *Die Person, die du suchst, wirst du niemals finden, hörst du? Nie! Gib endlich auf!*

Jans müde Augen juckten wie verrückt. Wie gemein diese Stimme klingen konnte. Das neutrale Handymädchen der automatischen Ansage lachte gehässig! Wurde er verrückt? Dunkelheit breitete sich über der Kreuzung aus. Die Nacht brach an. Zeit zu schlafen. Zeit aufzugeben. Zeit, endlich ins Bett zu gehen und

alles zu vergessen. Wie sagte seine Mutter so schön: Licht aus, Strom raus!
Ganz genau, Jan. Geh nach Hause. The person you have called is definitely not available. Nie mehr. Also GIB! ENDLICH! AUF!

JULI – Licht aus, Strom raus!

Das Wasser im See war angenehm kühl. Jan machte einen Kopfsprung, tauchte prustend wieder auf und sah sich um. Am gegenüberliegenden Ufer des Baggerlochs fuchtelte ein Rentner mit der freien Hand und rief unverständliche Flüche über den See Richtung Jan. Mit der anderen Hand versuchte er die Angelrute ruhig zu halten. Jan hielt sich an Weidenzweigen fest, die vom Ufer aus weit in den See ragten.
»Komm rein, Mona. Es ist super!«, rief er Mona zu, die mürrisch am Ufer auf und ab ging.
»Nee«, sagte sie, »keine Lust, von dem Angelfritzen angemacht zu werden.«
»Bis der um den See herum ist, sind wir schon lange wieder weg.«
Jan hatte Mona überredet, sie überraschen zu dürfen. Er hielt den Schwimmausflug für eine gute Idee und kannte das Loch im Zaun. Doch Mona war Jan nur widerwillig durch das Loch gefolgt, als sie begriffen hatte, was er vorhatte. Sie machte keine Anstalten, sich auszuziehen und Jan ins Wasser zu folgen. Lieber schwitzte sie vor sich hin und nörgelte: »Mach schon, Jannick. Ich will wieder weg.«
»Was hast du denn?«, lachte Jan und spritzte mit dem kühlen Wasser um sich. »Ist doch toll hier.«

»Ich bin allergisch gegen den Mist«, sagte Mona und deutete auf die Weide. Oder ob sie sich nicht traute, sich vor ihm auszuziehen?

»Aber im Wasser ...«

»Keinen Bock auf Schwimmen!«, fauchte Mona. Sie rauschte wutentbrannt durch die Büsche und durch das Loch im Zaun auf die Straße zurück.

Jan kraulte zum Ufer. Er beeilte sich, aus dem Wasser und in seine Klamotten zu kommen.

»Mona! Moona!!«

Sie schob ihr Rad, statt zu fahren. So, als wollte sie Jan eine Chance geben, sie doch noch einzuholen. Jan trat in die Pedale und stieg atemlos ab, sobald er mit Mona auf gleicher Höhe war. Als er sie ansah, glitzerten Reste von Tränen auf Monas Wangen. Sie sah mit roten Augen zu Boden und murmelte leise: »Tut mir leid, Jannick.«

»Schon okay«, entgegnete Jan. Und getraute sich nicht zu fragen, was wirklich los war. Er glaubte nicht an die Allergie. Er hatte ein dumpfes Gefühl in der Magengegend. Manchmal hatte Mona diese merkwürdigen Momente. Mit denen er nichts anfangen konnte. Die ihn sauer machten. Hilflos und stumm.

Wortlos schoben sie ihre Räder. Schweigen türmte sich unüberwindlich zwischen den beiden auf. Die Stille wurde mit jedem Schritt unangenehmer. Als sie den Wald erreichten, rauschte das Blut in Jans Ohren. Er war sich keiner Schuld bewusst und fühlte sich trotzdem miserabel, nicht zum ersten Mal. Eine Sache, die ihn wirklich verrückt machte! Mona konnte Jans Gefühle zu ungeahnten Höhenflügen bringen.

Sie schaffte es, dass er lachte, bis er kaum noch Luft bekam. Aber leider konnte Mona mit nur einer einzigen Geste, mit nur einem einzigen traurigen Blick Jan in eine Verzweiflung stoßen, die ihm das Herz zerriss. Seinen Tag komplett versauen und Jan in einen mürrischen Mistkerl verwandeln.

Bisher hatte Jan diesen Frust nur an seiner Familie und in der Schule ausgelassen. Er hatte Mona zu schonen versucht, ohne die leiseste Ahnung, wovor eigentlich. So, dass Claudia und Nina bereits von weitem an Jans Gesicht erkannten, »welches Wetter« herrschte, wie sie es nannten. Bei »Sturm« ging die Familie in Deckung und ließ Jan in Ruhe, so gut es ging. Dieter nannte es »Pubertät«. Herder nannte es »Scheißegal-Haltung«. Niemand konnte Jan verstehen, weil Jan niemals darüber redete. Weil er die Wechselbäder von Monas Launen selbst nicht verstand.

Doch in diesem Moment auf dem Waldweg kam Jan ein Gedanke, der mit jedem Schritt klarer wurde. Größer als der verdammte Berg aus Schweigen! Jan hatte alles getan, um Mona ein guter Freund zu sein. Er wünschte sich nichts sehnlicher, als mit ihr zu gehen. Und nicht nur das, Jan wollte wirklich immer für Mona da sein. Auch wenn sie sich bisher noch nicht einmal geküsst hatten! Aber was Jan auch versuchte, um es Mona recht zu machen – er kapierte dieses Mädchen einfach nicht!

Jan blieb stehen, räusperte sich und sagte: »Ich hab keine Lust mehr!«

Mona war ein paar Schritte voraus und drehte sich um. »Keine Lust auf den Spaziergang? Sollen wir fahren?«

Jan schüttelte den Kopf. Seine Kehle war zugeschnürt. Er bekam kaum noch Luft. Jan sah in die Baumkronen, sah wieder nach unten und erkannte in Monas arglosem Ausdruck, was er nun anrichten würde. Doch er konnte nicht anders: »Ich will nicht mehr, Mona ... Es ist aus!«

Ganz leise. Die Wahrheit. Für einen Moment existierte die Welt außerhalb von Mona und Jan nicht mehr. Keine Autos von der Umgehungsstraße zu hören. Kein Rauschen in den Baumkronen, nichts. In einer langen Zeitlupe ohne Ton fiel Monas Rad in den Dreck. Sie hatte es losgelassen. So, wie Jan sie gerade losgelassen hatte. In ihrem Gesicht konnte Jan den Schreck erkennen. Dann Angst, dann Verzweiflung. Plötzlich konnte Jan Mona lesen. Nun, als es zu spät und endgültig aus war. Auf ihre Reaktion war Jan nicht vorbereitet gewesen. Auf den Schrei nach Monas Schrecksekunde: »NEIN!«

Mona stürzte sich auf Jan und umklammerte ihn. Jan fiel mit dem Rücken in ihr Fahrrad. Das Pedal bohrte sich schmerzhaft in sein Kreuz, als Mona mit ihm zu Boden ging.

»Tu das nicht!«, rief Mona und drückte den stöhnenden Jan so fest an sich, dass ihm die Luft wegblieb. Mona heulte Rotz und Wasser, verteilte ihre salzigen Tränen auf Jans Gesicht. Er atmete ihren unglaublichen Geruch stöhnend ein, während Mona ihren Kopf in seinem Haar vergrub und schluchzte. Und der Schmerz des Pedals vom Rücken direkt in sein Gehirn schoss. Zusammen mit dem anderen Schmerz: *Ich will das nicht tun, aber ich bin es einfach satt!*

»Tu das nicht!«
Du bist so komisch. Ich komm nicht damit klar!

»Bleib bei mir, Jan!«
Du willst mich doch gar nicht!
Mona lag auf Jan. Jan lag stöhnend auf dem umgestürztem Fahrrad. Das Fahrrad lag im Dreck. Dicke Tropfen klatschten von Monas Augen in Jans Gesicht. Sie nuschelte etwas, das Jan nicht verstand.
»Was?«
Mona vergrub den Kopf an Jans Hals und wiederholte ihre Worte. Jan wurde ungeduldig. »Verdammt ... WAS??«
Mona sah auf, wischte sich Tränen und Rotz aus dem Gesicht und sagte es zum dritten Mal: »Ich liebe dich, Jannick!«
Das musste Jan erst verdauen, doch Mona war noch nicht fertig: »Ich liebe dich so sehr. Du bist der einzige Mensch, dem ich vertrauen kann!« Sie lachte und schluchzte zugleich.
»Aber ...«
Mona streichelte Jans Gesicht. »Wenn du mich auch noch verlässt, werde ich sterben!«
Wieso auch noch? Und wieso sterben?
Mona rappelte sich hoch und half Jan dabei, aufzustehen. Sie klopfte ihm den Staub aus den Klamotten, strich sein Haar glatt, schniefte und versuchte zu lächeln.
Jan wusste nicht, wie ihm geschah. Er ließ es geschehen. Dieser kleine Überraschungsausflug an den See war ihm gewaltig um die Ohren geflogen. Ein Fehler. Er hatte Schluss gemacht. Der zweite Fehler. Trotzdem fiel ihm Mona um den Hals und drückte Jan an sich. Er konnte ihre Brüste auf seiner Brust spüren. Er konnte ihre Lippen auf seinen Lippen spüren. Mona schmeckte salzig. Wunderbar! So schnell, wie sich das

Wetter ändern kann, so schnell änderte sich die Lage auf dem Waldweg. Jan umarmte Mona. Ihr Duft hüllte ihn ein. Seine Hand in ihrem Nacken, knapp unter dem Haaransatz. Unter ihrem T-Shirt konnte Jan den BH fühlen. Mit der anderen Hand drückte Jan Monas Hintern an sich. Ganz fest und hart. Zum Verrücktwerden! Plötzlich waren Autos, Bäume und ein Hubschrauber wieder zu hören. Für einen Moment war alles in Ordnung. Mona zuckte unter Jans Händen. Doch kein Grund zur Besorgnis, sie weinte erleichtert.

»Ich bin bei dir«, schnaufte Jan in Monas Haar. Und sie verstand. Zuckte noch ein wenig mehr.

»Ich lass dich nicht allein, versprochen. Nie mehr!«

Das brach den Damm und nichts war mehr in Ordnung. Jan musste Mona halten. Alle Kraft wich aus ihrem Körper. Ein langes, lautes, unheimliches Heulen verklang im Wald. Das Unaussprechliche hatte einen Ton bekommen. Der Jan einen Schauer über den Rücken und eine Gänsehaut bis zwischen die Zehen jagte. Jan spannte jeden Muskel in seinem Körper an, um Mona zu halten. Ihr Schmerz war groß. Viel größer als die Angst, Jan zu verlieren. Größer als alles, was er kannte. Mona und Jan standen eng umschlungen zwischen den umgestürzten Fahrrädern. Die Wand aus Schweigen hatte keinen Platz mehr. Obwohl niemand ein Wort sprach.

»Ihr solltet euch was schämen!«

Jan sah auf. Der alte Mann schleppte sein Angelzeug an den beiden vorbei. Ein verkniffenes, mieses Gesicht.

»Petri Heil«, sagte Mona, »beißen sie nicht?« »Schämt euch!«, kam es von dem Alten zurück. »Nein!«, sagte Jan. Lächelte und küsste Mona.

AUGUST – Der Eurokrieg

Mona erwiderte Jans Kuss leidenschaftlich. Sie begann Jans Hintern zu kneten, legte den Kopf an seinen Hals und atmete erregt. Jan zog ihr T-Shirt vorsichtig aus den Jeans. Die beiden standen eng umschlungen auf dem Waldweg. Jan stöhnte auf, als er Monas nackte Hüften spürte. Seine Hände wanderten auf ihrem Rücken nach oben. Geschickt löste er den Verschluss ihres Büstenhalters. Er konnte Monas Gänsehaut spüren und sah ihr in die Augen, während Mona seine Hände führte. Von den Hüften über den Bauch weiter nach oben. Bis zu ihren Brüsten. Mona lächelte und küsste Jan auf den Mund. Ihre Zunge fand seine und Jan explodierte stöhnend vor Erregung – dann wachte er auf.

Jan schmatzte verschlafen, orientierte sich und schlug seine Decke zurück. Er betrachtete den feuchten Fleck auf seinem Laken. Ein merkwürdiges Gefühl von Verliebtheit war aus dem Traum übrig geblieben. Während Jan in seine Klamotten stieg, erinnerte er sich, wie Mona und er damals die Fahrräder aufgehoben hatten und zurück in die Stadt gefahren waren. Viel mehr war nicht passiert. Und viel hatte sich nach der Sache am Baggerloch auch nicht geändert. Mona war ein Rätsel geblieben, versuchte Jan gegenüber jedoch weniger launisch zu sein. Was ihr nicht immer gelang.

Es war kurz nach neun Uhr, die anderen schliefen noch. Der Gedanke an seinen Traum ließ Jan lächeln, als er das Haus verließ. Obwohl er sich ein wenig vor dem fürchtete, was er als Nächstes unternehmen würde, um Mona zu finden. Sein Weg führte ihn wieder in die Fußgängerzone.

Im Erdgeschoss des Kaufhauses Gartenburg war die Hölle los. Trotz Urlaubszeit schien sich die ganze Stadt in den Gängen des Kaufhauses auf die Füße treten zu wollen, obwohl es für den Sommerschlussverkauf eindeutig zu früh war.

Jan fragte eine Verkäuferin, die schwitzend eine Auslage mit Socken füllte: »Warum ist hier so ein Betrieb?«

»Kannst du nicht lesen?« Die Verkäuferin blies sich eine Haarsträhne aus dem Gesicht und deutete auf ein Schild an einer Säule: »Hier zahlt die Mark«, lautete

die riesige Überschrift.

Jan überflog das Plakat. Die Sonderaktion des Kaufhauses Gartenburg rief dazu auf, eine Woche lang mit der »guten alten Deutschen Mark« zu bezahlen, wenn »die verehrte Kundschaft« davon noch Restbestände in Schubladen oder unter Matratzen gefunden haben sollte. Herausgegeben wurde in Euro und Cent zum gängigen Umrechnungskurs. Erst jetzt fiel Jan auf, dass das ganze Kaufhaus mit solchen Plakaten tapeziert war.

Er durchquerte die Abteilung Damenoberbekleidung, wo eine Kassiererin konzentriert auf einen Taschenrechner eintippte. Für einen Moment wunderte Jan sich, wie viel altes Geld die Leute noch gefunden haben mussten. In der Haushaltswarenabteilung zählte eine Rentnerin Zehnpfennigstücke auf den Kassentresen, während die Schlange hinter ihr immer länger wurde. Jan erkundigte sich bei der Kassiererin nach

Frau Gartenburg, was ihm das ungehaltene Murren der Wartenden in der Schlange einbrachte, weil sie meinten, er wolle vordrängeln.
»Was willst du von der Chefin?«
»Privat«, antwortete Jan. Die alte Dame neben ihm hatte sich offenbar verzählt und begann mit der ganzen Prozedur von vorn. Erste Kaufwütige drehten entnervt ab, die Schlange begann zu schrumpfen.
»Wieso tauschen die Leute ihr Geld nicht einfach bei der Sparkasse um?«, wollte Jan wissen.
»Das geht nicht mehr«, entgegnete die Kassiererin und deutete auf eine Treppe, die Jan vorher noch nie aufgefallen war. »Frau Gartenburgs Büro ist oben, am Ende der Kinderabteilung.«
Jan bedankte sich und eilte in den ersten Stock.

Hinter den Kulissen sah das Kaufhaus weniger gepflegt und aufgeräumt aus als vorn im Kundenbereich. Direkt hinter der Tür »Nur für Personal« stolperte Jan gegen einen großen Pappkarton mit Kleiderbügeln aus Plastik. Er durchquerte den Gang, von dem rechts und links in regelmäßigen Abständen Türen abgingen. Die Wände waren nicht tapeziert, der Putz zerkratzt und mit Schleifspuren übersät. Fast alle Türen standen offen. Telefone klingelten, Drucker ratterten. Nur die Tür am Ende des Gangs war geschlossen. »Direktion« verkündete das Schild. Jan klopfte, wartete eine Sekunde, keine Antwort, dann trat er ein.
Der stechende Geruch eines viel zu süßen Parfüms schlug ihm entgegen. An einem Schreibtisch saß eine ältere Dame und telefonierte. Jan schloss die Tür hinter sich, während die Sekretärin ihn über ihre Brille hinweg musterte. Rechts von ihrem Schreibtisch führ-

te eine mit Leder gepolsterte Tür zu Frau Gartenburgs Büro. Vermutete Jan jedenfalls.

Unschlüssig blieb er vor dem Schreibtisch stehen. Der ganze Raum kam ihm altmodisch und ungemütlich vor. Die Sekretärin passte perfekt in dieses Vorzimmer. Auch die Sitzecke schien schon bessere Zeiten gesehen zu haben. Obwohl auf dem kleinen Tisch davor Zeitschriften wie ein Fächer ausgebreitet lagen. Die offensichtlich schon lange niemand mehr in die Hand genommen hatte.

»Ja?« Die Sekretärin hatte aufgelegt.

»Ich möchte bitte mit Frau Gartenburg sprechen.«

»Frau Gartenburg hat keine Zeit!«

Sie ist der Torwächter, dachte Jan und erinnerte sich an ein Computerspiel. *Ich muss dem Drachen etwas geben, damit er mich in das geheime Zimmer lässt. Auf Level drei.*

»Ich habe Informationen über Mona, Frau Gartenburgs Tochter!«, behauptete Jan. Das war gelogen, schien allerdings der Brocken zu sein, den der Drache schluckte.

»Wie heißt du?«

»Jan Reiter.«

Der Drache wählte eine Nummer, sprach leise, legte auf und musterte den Besucher ohne ein weiteres Wort. Jan stand unschlüssig herum. Sollte er sich setzen? Den Zeitschriftenfächer in Unordnung bringen und warten? Für die Sekretärin war Jan überhaupt nicht mehr im Raum. Dann öffnete sich die gepolsterte Tür. Nur einen Spalt breit.

Jan wunderte sich. *Hat der Torwächter einen geheimen Schalter gedrückt? Oder wartet ein Monster hinter der Tür zum geheimen Zimmer auf Level drei?*

Vorsichtig drückte Jan die Tür auf. Frau Gartenburg stand in der Mitte ihres Chefbüros. Sie hatte Ränder unter den Augen, die Jan schmerzhaft an Monas Augen erinnerten.

»Was willst du?«

»Ich, äh ...« Jan schloss die Tür. Monas Mutter nahm hinter einem pompösen Schreibtisch Platz und faltete die Hände.

Sie ist im Büro. Mona wollte nicht fahren, ist trotzdem verschwunden. Der Urlaub in der Karibik ist ausgefallen. Was ist hier los? Wenn ich sie das frage, ist das Spiel vorbei. Level null!

»Wieso kann man hier mit D-Mark bezahlen?«, fragte Jan und folgte einer spontanen Idee. Er improvisierte weiter: »Warum kann man das alte Geld nicht bei der Sparkasse umtauschen?«

Frau Gartenburg sah auf, ohne eine Miene zu verziehen. »Das geht nur noch bei den Bundesbanken, aber deshalb bist du nicht gekommen.«

»Nein«, erwiderte Jan und lächelte charmant. Sein Vater hatte ihm beigebracht, sich auf dünnem Eis immer höflich zu verhalten. »Entschuldigen Sie die Störung. Darf ich mich setzen, Frau Gartenburg?«

Sein Trick funktionierte. Monas Mutter deutete auf den Sessel vor ihrem Schreibtisch. Sie war gewohnt, Spielregeln einzuhalten, und erkundigte sich sogar, ob ihr Gast einen Kaffee wollte. Jan nahm dankbar an. Frau Gartenburg beauftragte den Drachen im Vorzimmer, sich darum zu kümmern. Jan sammelte sich während der kurzen Pause in seinem Sessel und bereitete sich vor. Auf Level vier.

Der Drache servierte mit offensichtlicher Verachtung Kaffee. Frau Gartenburg schwieg. Jan rührte Zucker in seine Tasse und betrachtete die beiden Bilder neben der Schreibunterlage. Porträts von Mona und ihrem verstorbenen Vater. Beide lächelten in die Kamera und sahen sich verblüffend ähnlich. Als die Sekretärin die schwere Tür hinter sich geschlossen hatte, räusperte sich Frau Gartenburg. Anscheinend war es an Jan, den ersten Schritt zu machen.

»Mona ist gestern nicht zur Theaterprobe erschienen.«

»Ich weiß«, kam es ungerührt zurück.

»Wissen Sie, wo ich Mona finden kann? Sie beantwortet meine Anrufe nicht. Ich mache mir Sorgen.«

Frau Gartenburg beugte sich vor und fixierte Jan. »Ist dir schon mal die Idee gekommen, dass Mona den Kontakt zu dir absichtlich abgebrochen haben könnte?«

Jan steckte diesen Treffer weg, ohne mit der Wimper zu zucken. Darauf war er vorbereitet. Frau Gartenburg war von Anfang an nicht erfreut gewesen, dass Mona sich mit ihm traf. Vielleicht steckte sie sogar hinter der Kontaktsperre, bevor Mona verschwunden war. Jan versuchte es also anders: »Acki ... ich meine, Achim scheint sich ebenfalls Sorgen um Mona zu machen. Er hat auch keine Ahnung, wo sie ...«

Frau Gartenburg unterbrach Jan mit einem harten Lachen. »Achim ist wirklich der Letzte, den Mona in ihre Pläne einweihen würde!«

»Die beiden können sich nicht besonders gut leiden, oder? Wieso eigentlich?«

»Ich glaube nicht, dass dich das etwas angeht.«

»Wollten Sie nicht in Urlaub fahren?«, hakte Jan nach. Er hatte es eilig, spürte, dass er höchstens noch ein paar Sekunden in diesem Büro verbringen würde, denn Frau Gartenburg erhob sich bereits.

»Jan ... ich schlage vor, du kümmerst dich in Zukunft um deine eigenen Angelegenheiten. Meine Tochter legt keinen Wert darauf, sich mit einem stadtbekannten Schläger zu treffen. Mir geht es ganz ähnlich. Daher möchte ich, dass du mein Büro sofort verlässt. Und zwar in aller Ruhe, haben wir uns verstanden?«

Bumm, das saß! Jan schossen Tränen in die Augen. Frau Gartenburg wusste von der Auseinandersetzung im Weveler Hof! Jan stand auf, ließ sich wie betäubt von Monas Mutter zur Tür bringen und verließ die Direktion des Kaufhauses wie ein geprügelter Hund. Auf dem Gang meinte er, das hässliche Lachen des Drachen hören zu können. Er eilte die Treppe ins Erdgeschoss hinunter und drängte durch die Kunden nach draußen. Ins Freie. Jan blinzelte in die Sonne. Er wusste, dass Frau Gartenburg log. Doch hatte er keine Ahnung, warum. Und sie saß am längeren Hebel. Jan war wieder auf Level null.

MONA ...

Was er ihr angetan hatte oder noch antun konnte, war nichts gegen das, was die Liebe mit Mona anrichtete. Seit sie Jan getroffen hatte, war es ausgeschlossen, sich irgendjemandem anzuvertrauen und das furchtbare Geheimnis zu verraten. Niemand durfte davon wissen, vor allem nicht dieser tolle Junge! Was würde Jan von ihr halten, wenn er herausbekäme ... Nein, ausgeschlossen!

Doch Monas Wille, sich zu wehren, wurde übermächtig. Nicht mehr alles ertragen. Sie musste den anderen Kerl loswerden! Mona würde allein damit klarkommen. Sie hatte einen neuen Plan, wie das gehen konnte …

5

MALCOLM:
> Dem König gib Bericht vom Handgemenge,
> Wie du's verließest.

KRIEGER:
> Es stand zweifelhaft;
> So wie zwei Schwimmer ringend sich umklammern,
> Erdrückend ihre Kunst ...
> »Macbeth« – 1. Akt, 2. Szene

Dritte Theaterprobe. Jan wartete vor der Tür des Jugendzentrums auf Mona. Nach und nach trudelte die Truppe ein. Ralf kam mit der Blondine im Arm – Auftritt Macbeth und seine Lady.

Wenn ich Mona und das Stück richtig verstanden habe, wird Blondie dich in den Wahnsinn treiben, Mac, dachte Jan und nickte den beiden zu, während Hauptdarsteller und Hauptdarstellerin das Zentrum betraten, ohne Jan, den Antagonisten, zu beachten. Mittlerweile wusste Jan, was ein Antagonist war. Mona hatte es ihm vor kurzem im Knutschwäldchen erklärt.

Beim Gedanken daran bekam Jan noch schlechtere Laune. Dann tauchte Walther auf und stellte sich neben Jan. »Hast du Feuer?«

Jan hatte keine Lust zu reden, schüttelte den Kopf

und beobachtete die Kreuzung. Die beiden schwiegen sich einen Moment an. Endlich gab Walther auf und betrat das Gebäude.

Petra, verhuschte Hexe Nummer drei, radelte mit Sylvie, der Ersten Hexe, an Jan vorbei. Sylvie winkte Jan zu und kicherte. Dann schlossen die Hexen ihre Räder am Fahrradständer neben dem Weveler Hof zusammen. Offensichtlich hatten sie daraus gelernt, dass Jans Fahrrad bei der ersten Probe gestohlen worden war.

Sylvie hatte es tatsächlich geschafft, ein noch knapperes Top aufzutreiben, um ihr Tattoo in der Sonne zur Schau zu stellen. Wie Jan, nicht ohne Bewunderung, feststellte. Sie hauchte ihm einen Kuss auf die Wange. »Hallo, Macduff.«

»Äh, hi.«

Petra stand daneben und sah zu Boden. *Sie ist wirklich krankhaft schüchtern, besonders für eine Schauspielerin,* dachte Jan. Sylvie war da ganz anders. Sie legte eine Hand auf Jans Schulter. Anmache pur! »Kommst du mit rein?«

»Gleich«, nickte Jan und sah Sylvies Bauchnabelpiercing in der Sonne glitzern. »Ich warte noch auf Mona.«

»Warte nicht zu lange. Wer weiß, ob sich das lohnt.«

Die Mädels verschwanden im Weveler Hof.

Jan wartete draußen, bis Frau Weiß ihren Kopf aus der Tür steckte und ihm zulächelte. »Jan? Kommst du? Wir wollen anfangen.«

»Aber ... Mona ist noch nicht da.«

Frau Weiß schien für eine Sekunde ärgerlich zu sein, dass Jan nicht ohne Mona mit der Probe beginnen wollte. Ihre Autorität als Regisseurin und Initiatorin des Projekts hatte schon während der letzten beiden Proben unter Monas Kompetenz gelitten. Doch die Gruppenleiterin hatte sich im Griff. Auch wenn ihr Mund zu einem dünnen Strich wurde, während sie entgegnete: »Wir fangen jetzt an.«

Jan trödelte noch einen Moment auf dem Bürgersteig herum, sah sich in alle Richtungen nach Mona um. Der 782er fuhr vorbei und für einen Moment wünschte sich Jan, in diesem Bus zu sitzen und zu seinem Lieblingsort transportiert zu werden: in den Aquazoo. Dorthin, wo Mona ihn gefunden und Jan sie verloren hatte. Trotz ihres Versprechens im Knutschwäldchen!

»Ein Antagonist ist der Gegenspieler des Protagonisten. Des Helden«, hatte Mona erklärt. Die beiden hatten es sich damals unter einem Baum gemütlich gemacht.

»Also bin ich der Bösewicht?«, hatte Jan vermutet. Doch Mona schüttelte entschieden den Kopf. »›Macbeth‹ ist ein Drama. Der tragische Held ist der Bösewicht, wenn du so willst. Der Protagonist reitet sich immer tiefer rein.«

»Dann bin ich der Gute?«

»Sag mal, hast du das Stück überhaupt gelesen?«

»Gelesen schon. Ich bin nur nicht sicher, ob ich alles begriffen habe«, hatte Jan geantwortet. *Außerdem bin ich nicht hier, um über Theater zu reden! Ich will dich berühren. Deine Lippen schmecken und mich an dich drücken!*

»Nicht!«, hatte Mona geflüstert, als Jans Hände über ihren Bauch Richtung Busen wanderten.

»Warum nicht?«
»Später.«
Warum nicht jetzt? Die Vögel zwitschern. Wir sind ganz allein. Ich liebe dich und will dich lieben. Ich will ...
»Wann denn?« Nur das hatte sich Jan zu fragen getraut. Ganz zu schweigen davon, dass er sogar extra Kondome gekauft hatte. Was ihn einige Überwindung gekostet hatte!
»Wie lange kannst du die Luft anhalten?«, fragte Mona.
»Länger als du!«, hatte Jan geprahlt.
»Das wollen wir doch mal sehen! Aber nicht atmen! Ich merke das!« Mona küsste Jan. Zum ersten Mal. Mit Zunge!
Die Überraschung verschlug Jan den Atem, aber nicht besonders lang. Er schnaufte und Mona lachte: »Verloren! Das müssen wir unter Wasser probieren. Am Strand!« Sie zwinkerte ihm zu.
»Wann?«
»Bald. An einem wunderbaren Ort. Versprochen. Wir werden uns lieben!« Mona war aufgestanden und weggerannt. So, wie es für Mona typisch war. Doch dieses Mal hatte Jan ein Versprechen bekommen.
»Wo?«, rief er Mona hinterher.
»Am Meer«, hatte Mona gerufen, ohne sich umzudrehen. »Wenn ich sechzehn bin!«
»Hexe!«, hatte Jan ihr noch hinterhergerufen. Aber da war Mona schon weg.

Schließlich zog Jan die Tür des Jugendzentrums hinter sich zu. Dass der nächste Bus ihn auf genau dieser Kreuzung etwa eine halbe Stunde später fast überrollen würde, davon hatte Jan keine Ahnung, während er versuchte sich im Weveler Hof an die Dunkelheit zu gewöhnen.

Julia stand als Lady Macbeth allein auf der Bühne und kämpfte mit einem langen Monolog. Frau Weiß stand an der Bühnenkante. Die anderen Schauspieler hatten auf den Stühlen vor der Bühne Platz genommen und hörten zu oder lasen in ihren Texten.

»Kommt, Geister, die ihr lauscht auf Mordgedanken, und entweibt mich hier. Füllt mich vom Wirbel bis zum Zeh, randvoll ...«

Die Blondine brach ab und musste ebenfalls in ihren Text sehen, weil sie über den Rhythmus der Sprache stolperte.

Julia macht das nicht schlecht, dachte Jan.

»Ein ganz schön geiler Bock, der alte Shakespeare«, hörte Jan neben sich. Und fühlte eine Hand auf seinem Hintern. Es war weder Monas Hand noch Monas Stimme. »Entweibe mich! Füll mich randvoll! Kann mir gut vorstellen, dass ihm beim Schreiben einer abgegangen ist. Dem guten Shake ...«, gurrte Sylvie in Jans Ohr.

Bis auf die Bühnenbeleuchtung war es ziemlich dunkel im Raum. Daher bekam niemand mit, wie Sylvie Jans Pobacke knetete. Sie stand hinter ihm im Seitengang und blies in sein Haar. Er war wie gelähmt. Sylvies Hand wanderte unter sein T-Shirt. Ihre Fingernägel kratzten kurz vor der Schmerzgrenze über seinen Rücken. Heiße Blitze schossen durch sein Hirn. Was auf der Bühne passierte, bekam er nicht mehr mit. Er hätte das Geschehen im Zuschauerraum sofort beenden müssen, aber ...

»Ich finde dich cool, Jan.«

Ich kann mich nicht rühren!
»Oh«, schnaufte Sylvie und gluckste mit gespielter Überraschung. »Was ist das denn, Jan?«
Ihre andere Hand hatte sich auf die Erektion in seiner Jeans gelegt. Jan erschauerte bis in die Haarwurzeln. Ihm wurde heiß und kalt, während Julia auf der Bühne deklamierte: »Dass nicht mein scharfes Messer sieht die Wunde, die es geschlagen. Noch der Himmel, durchschauend aus des Dunkels Vorhang, rufe: Halt! Halt!«
»Hör auf!«, flüsterte Jan Sylvie zu, während Ralf auf die Bühne stapfte und als Macbeth von seiner Lady begrüßt wurde: »Oh, großer Glamis! Edler Cawdor! Größer als beides durch das künftige Heil!«
Doch Sylvie hörte nicht auf. Jan atmete flach. Anstatt Sylvie daran zu hindern, über seine Erektion in der Jeans zu streicheln, starrte er mit feuchten Augen auf die Bühne. Ralf und Lady Macbeth fielen sich in die Arme. Die Küsse sahen ziemlich echt aus. Julia und Ralf schienen die Begrüßung zu genießen! Der ganze Raum war mit knisternder Erotik aufgeladen. Alle sahen fasziniert zur Bühne. Frau Weiß lächelte überfordert. Sie wusste nicht, ob sie bei Ralf und Julia eingreifen sollte, die sich eher auf Zungenspiel als auf ihr Schauspiel konzentrierten. Niemand kümmerte sich um Sylvie und Jan. Mona war nicht gekommen. Jan war kurz davor ...
»Du bist süß. Und ziemlich groß«, gurrte Sylvie. Sie hatte einen festen Griff.
Ich bin groß, größer, ich bin unglaublich RIESIG! Mein scharfes Messer ... großgroßgroß. Jan stöhnte.

Es würde nicht mehr lange dauern, dann flog ihm alles um die Ohren, so viel war klar. Eine Hand schlug auf seine Schulter.

»Hey, Leute. Was ist denn hier los?«

Sylvies Hände zuckten zurück. Erik hatte nur Augen für das Schauspiel auf der Bühne.

Jan stöhnte überrascht: »Erik!«

Frau Weiß wurde die Knutscherei auf der Bühne zu heiß. Sie klatschte in die Hände und nahm sich das Ehepaar Macbeth zur Brust. Mit leise vorgetragenen Verbesserungswünschen bezüglich der Begrüßung, wenn Macbeth zu seiner Frau aus der Schlacht zurückkehrte.

Als Jan sich zu Erik umdrehte, war Sylvie verschwunden.

»Ich hab die falsche Rolle gezogen«, grinste Erik, deutete auf die Bühne und lachte. Dort versuchte Frau Weiß, das Ehepaar Macbeth wieder auf Spur zu bringen, indem sie das Ende der Szene mit Julia und Ralf noch einmal probte. Lady Macbeth: »Doch sei die Schlange drunter. Wohl versorgt muss der sein, der uns naht ... und meiner Hand ... Vertrau das große Werk der Nacht zu enden, dass alle künftigen Tage und Nächte uns lohne alleinige Königsmacht und Herrscherkrone.«

Ralf, alias Macbeth, winkte übertrieben genervt ab: »Wir sprechen noch davon.«

Julia fiel Ralf erneut um den Hals, küsste ihn und rief: »Blick hell und licht! Misstrauen erregt verändert Angesicht. Lass alles andere mir!«

Frau Weiß beeilte sich, erneut in die Hände zu klatschen und zu rufen: »Wunderbar! Kurze Pause für alle! Danach brauchen wir Duncan, Malcolm, Macduff und Banquo!«

»Unser Einsatz«, grinste Erik. »Leider ohne Mädels!« Jan nickte stumm.

Walther tauchte neben Erik und Jan auf und zupfte aufgeregt an Jans Ärmel. »Wir sind gleich dran!«

»Ist ja gut! Bleib ruhig«, blaffte Jan, ließ die Jungs stehen und stürmte nach draußen.

Sylvie stand an der Ecke und rauchte. Sie hatte sich absichtlich so gestellt, dass Jan sie sehen musste, wenn er das Gebäude verließ. Mit nur einem Schritt konnte sie hinter der Ecke verschwinden und die Kippe austreten, falls Frau Weiß auftauchen sollte. Aber die war zu sehr damit beschäftigt, die blonde Kuh davon abzuhalten, Ralf auf der Bühne ihre Zunge in den Hals zu stecken.

Sylvie war sich sicher, dass Jan bald erscheinen würde. Kein Junge konnte ihr widerstehen, wenn sie sich Mühe gab. Und bei Jan hatte sie sich Mühe gegeben, oh ja! Sylvie grinste bei dem Gedanken, wie sie Jan verrückt gemacht hatte. Wie einfach es war, Jungs fast den Kopf platzen zu lassen. Oder die Hose. In gewisser Weise tat ihr Jan sogar leid. Denn er war ein netter Kerl. Dass ausgerechnet Jan dafür herhalten musste, Ralf eifersüchtig zu machen, lag nur daran, dass sonst niemand in der Truppe eine Konkurrenz für Ralf darstellte. Erik war ein Kindskopf, Walther hätte Sylvie nicht mal mit der Kneifzange angefasst. Und Tobias fiel als Ralfs ergebener Bruder leider aus, um Ralf eifersüchtig zu machen. Obwohl er ebenfalls süß war. Aber Tobias hatte einfach nicht die Klasse, die Sylvie an Ralf so bewunderte.

Damals auf dem Schulhof war das alles kein Problem

gewesen. Ralf hatte sich ebenso unter Sylvies Händen gewunden wie Jan vor der Bühne. Ralf hatte sich nicht gewehrt. Hatte allerdings bis zum Beginn der Ferien auch nicht richtig angebissen. Jedenfalls nicht so, wie Sylvie es sich vorgestellt hatte. Ralf war eher auf eine schnelle Nummer aus. Er hatte das Interesse verloren, als er begriff, dass Sylvie mehr wollte. Dass sie verliebt war. Obwohl sie wirklich alles getan hatte, um Ralf genau das nicht spüren zu lassen.

Dann kamen die Ferien und Sylvie blieb nichts anderes übrig, als die Hexe zu spielen ... Im wahrsten Sinn des Wortes. Und da Sylvie mitbekommen hatte, dass Ralf und Jan sich nicht grün waren, wurde er eben das Opfer ihres kleinen Schlachtplans zur Eroberung von Macbeth. Dass Mona bei dieser Probe nicht aufgetaucht war – für Sylvie eine gute Gelegenheit, die sie sofort ergriffen hatte.

Leider war Ralf auf der Bühne so mit seiner Lady beschäftigt gewesen, dass er Sylvies kleine Einlage mit Jan im Zuschauerraum überhaupt nicht mitgekriegt hatte!

Doch Sylvie vertraute darauf, dass es sich herumsprechen würde. So, wie sich hier alles in Windeseile herumsprach. Diese Erfahrung hatte Sylvie bereits mehrfach machen müssen. Die Theatertruppe war wie eine Miniaturausgabe dieser Stadt – des Nährbodens von Idioten, die sich gern das Maul über ein Mädchen zerreißen, dem es nicht peinlich war, seinen Willen zu bekommen. Ohne fremde Hilfe, ohne reiche Eltern und ohne naturblond zu sein.

Sylvie war ein zielstrebiges Mädchen. Wenn sie etwas haben wollte, konnte sie stur sein. Einer ihrer Vorteile war, dass sie oft unterschätzt wurde, weil sie hier und da den Ruf einer »Tussi« hatte. Doch Sylvie hatte nicht vor, ihren Hintern, ihr Tattoo oder sonst etwas zu verstecken. Nicht, wenn sie ein Ziel hatte. Und dieses Ziel hieß seit Anfang Juli eben Ralf.

Die Tür zum Weveler Hof öffnete sich. Jan blinzelte in die Sonne, sah sich um, erkannte Sylvie an der Ecke und kam zu ihr. Sylvie kicherte leise und trat ihre Kippe aus.

Jan war verwirrt. Er fühlte sich schuldig. Schlechtes Gewissen nagte an ihm. So, als wäre er Sylvie zu nahe getreten (nicht sie ihm). Als hätte er Mona betrogen (die ihn seit Tagen links liegenließ und immer noch nicht auf der Probe aufgetaucht war). Er schlenderte zu Sylvie hinüber und bemühte sich so zu tun, als sei nichts passiert. Als wäre er nicht fast explodiert.

Sylvie empfing Jan wortlos, mit offenen Armen. Sie zog ihn hinter die Ecke und küsste ihn auf den Mund. Ihre Zunge schmeckte nach kaltem Zigarettenrauch. Ihr Kuss schmeckte nicht richtig. Das Ganze war falsch, schmeckte Jan und schob Sylvie vorsichtig von sich weg.

»Was hast du denn?«, gurrte Sylvie und gab sich alle Mühe, Jan verwundert anzusehen.

Jan druckste herum: »Entschuldige ... Ich finde dich toll, aber ... ich kann das nicht!«

Sylvie sah betroffen zu Boden und dachte an ihre Mutter. Weinen hatte bereits funktioniert, um die Rolle der Ersten Hexe zu bekommen. Tränen funktionierten immer. *Sogar bei Männern UND Frauen!*, wusste Sylvie. Ihre Mutter war vor fünf Jahren gestorben. Sie musste sich nur das Gesicht ihrer Mutter im offenen Sarg vorstellen. Wie friedlich sie damals in der Kirche ausgesehen hatte. Und wie unglaublich allein sich Sylvie gefühlt hatte … Sylvie konnte dieses Gefühl abrufen und auf Kommando in Tränen ausbrechen. Da dieses Gefühl schmerzhaft und echt war, war sich Sylvie keiner Schuld bewusst, als sie wieder zu Jan aufsah. Der erschrocken registrierte, wie aus Sylvies nassen Augen eine Träne über ihre Wange kullerte. Das hatte er nun wirklich nicht gewollt!

»Hey, nicht doch«, sagte Jan und wischte die Träne vorsichtig weg. »Bitte!«

Es war zwecklos. Neue Tränen kullerten über Sylvies Wangen. Sie bemühte sich, schauspielerisch sehr begabt, nicht zu schluchzen, tat es dann aber doch: »Es ist wegen Mona, oder?«

Jan nickte betroffen. Die ganze Sache wuchs ihm über den Kopf. Was hatte er bloß angerichtet!?

Sylvie machte ein paar Schritte von Jan weg Richtung Kreuzung. So konnte sie jeder sehen, der den Weveler Hof betrat oder verließ. Dieser Ort war ihre Bühne! In genau diesem Moment, genau hier, wurde *ihr* Stück gespielt, in dem sie die Hauptdarstellerin war! Die Allererste Hexe!

Jan trat zu Sylvie und nahm sie in den Arm. Es war ihr völlig egal, wer als Nächstes aus dieser Tür kommen würde. Im besten Fall natürlich Ralf. Und als sie Jans T-Shirt voll heulte, während er beruhigend auf sie einredete, war sich Sylvie über eines völlig im Klaren: *DAS wird sich herumsprechen!*

»Sie hat dich gar nicht verdient«, schniefte Sylvie nach einer Weile. Als perfekte Schauspielerin verschwendete sie keinen Blick auf die Straße. In ihren persönlichen Zuschauerraum. Jemand würde aus der Tür kommen.

Irgendwann. Und würde weitererzählen, was draußen vor sich ging. So war diese Stadt.

Sylvie ließ Jans Gesicht keine Sekunde aus den Augen. Von Mitleid mit dem verwirrten Jungen keine Spur mehr. Wenn man einmal angefangen hatte, durfte man keinen Rückzieher machen, sonst ging die Sache in Rauch auf. Das würde Sylvie nicht zulassen.

»Nicht verdient? Aber ...?«, stammelte Jan.

»Du bist ein toller Typ, Jan. So treu!«, wisperte Sylvie. Sie schlug ihren Haken genau dort in sein Fleisch, wo sie vermutete, ihn am besten zu treffen. Und hatte Recht: Jan taumelte zurück.

»Wie meinst du das?« Das schlechte Gewissen verzerrte sein Gesicht zu einer Fratze. Er hatte sich befummeln und erregen lassen. Nicht von Mona. Sondern von ihr! Sylvie musste nur noch einen weiteren Scheit in sein Feuer legen: Eifersucht. Was Jan mit sich hatte machen lassen, konnte jedem passieren. *Oder »jeder«, mein Freund! Hast du wirklich nie darüber nachgedacht? Dass jemand anderes außer dir Mona befummelt? Dass sie es genießen könnte? Sie ist heute nicht gekommen, oder? Aber du bist fast gekommen ... Nie darüber nachgedacht? Dann muss ich dir auf die Sprünge helfen!*

Der Verkehr rauschte über die Kreuzung. Niemand war aus dieser verdammten Tür gekommen und hatte zugesehen. Dabei war Sylvie spitze! Auf einmal kam es ihr mehr als unwahrscheinlich vor, dass ihre Bemühungen um Ralf überhaupt wahrgenommen wurden. Das machte sie sauer. Wenn sie nicht haben konnte, was sie wollte, sollte keine andere in diesen Genuss kommen. Schon gar nicht die blonde Kuh!

»Gute Schauspieler improvisieren, wenn etwas

schiefgeht«, hatte Frau Weiß gepredigt, wenn die Idioten aus der Truppe ihren Text nicht konnten oder den Einsatz verpassten.

Ralf war ein Idiot. Er hatte das Beste gerade eben verpasst. Sylvie hatte immer noch eine Chance, diese Nummer ganz groß zu machen. Wenn auch etwas anders als geplant. Ihr Partner war bereit. Jan zitterte vor Aufregung. Zeit für Plan B!

»Na ja. Es hat ja vielleicht nichts zu bedeuten, aber Mona ist ganz anders ... als du!«

Viel mehr als diese Andeutung musste Sylvie nicht machen.

»Was?«, schnaufte Jan entsetzt.

»Ach, nichts«, schüttelte Sylvie den Kopf, »komm, wir gehen wieder rein.« Sie wollte abgehen. Von ihrer Bühne. Doch Jan hielt sie fest.

»Was weißt du über Mona?«

»Nichts ... Aua! Du tust mir weh!« Sylvie riss sich los und bekam es für einen Moment mit der Angst zu tun. Morgen würde sie an beiden Armen blaue Flecken haben. Doch was tut man nicht alles für die hohe Kunst der Intrige! Sylvie blaffte Jan an: »Lass mich in Ruhe, du Arsch!«, und machte, dass sie wieder ins Gebäude kam.

Ihr Timing war perfekt. Walther und Erik standen im Vorraum am Flipper und fragten sich gegenseitig Dialoge ab, während Erik flipperte. Sie beachteten Sylvie nicht.

Die Beleuchtung im großen Saal war zur Pause angeschaltet worden. Dennoch war es viel dunkler als draußen. Sylvie brauchte einen Moment, um sich zu orientieren. Ralf stand neben Lady Macbeth vor der Bühne und erklärte der blonden Kuh etwas. Dabei deutete er in sein Skript. Julia hing förmlich an seinen Lippen.

Die anderen lungerten herum, tranken Cola und langweilten sich. Keine Spur von Frau Weiß. Sylvie raste in den Raum und sah sich hektisch um. Sie machte ihren Auftritt laut genug, dass alle aufsehen mussten. Dann eilte sie zu Ralf an die Bühnenkante. Dabei dachte Sylvie erneut an ihre verstorbene Mutter ...

»Was ist mit dir los?«, fragte Ralf. Seine coole Gelassenheit versetzte Sylvie einen Stich. Obwohl er ihre Tränen doch erkennen musste!

»Ist Frau Weiß nicht hier?«, schluchzte Sylvia. Ralf zuckte nur mit den Schultern.

Julia war aufmerksamer: »Was hast du denn da?« Sie sah von Sylvies verheultem Gesicht zu ihren nackten Oberarmen. Die blauen Flecken von Jans Griff waren bereits zu erkennen! *Schwaches Bindegewebe kann ein Segen sein*, dachte Sylvie und schniefte erschrocken auf.

Jans Timing war ebenfalls perfekt. Er rannte durch den Saal auf Sylvie zu. Ralf schien mittlerweile wenigstens irgendetwas begriffen zu haben. Er stellte sich Jan in den Weg. Sylvie ging hinter Ralf in Deckung. Julia nahm Sylvie sogar schützend in den Arm. Hinter Jan tauchten Erik und Walther im Türrahmen auf.

Die Weiß verpasst den besten Teil der Vorstellung, dachte Sylvie, während Ralf mit ausgestrecktem Arm verhinderte, dass Jan Sylvie zu nah kommen konnte.

»Was ist los?«

Du wiederholst dich, Ralf. So wirst du nie ein guter Schauspieler, dachte Sylvie. Trotz ihrer Angst, die nun nicht mehr gespielt war.

»Ich will nur mit ihr reden!«, rief Jan.
»Verpiss dich!«, kam es kalt von Ralf zurück.
»Du hast ihr wehgetan!«, ergänzte Julia.
»Was weißt du über MONA?«, brüllte Jan und wurde von Ralf zurückgestoßen.
»Die treibt es doch mit jedem!«, sagte Sylvie.
»Was?« Jan blickte sie verständnislos an.
Sylvie sah erst zu Ralf – dann zu Jan. Dann wieder Ralf. Ganz sicher ihre beste schauspielerische Leistung. *Er war es!*, sagte ihr Blick und Jan verstand Sylvie ohne ein einziges Wort. Julia klammerte sich an Sylvie und sorgte für weitere Blutergüsse auf ihren Oberarmen. Jan nahm einen neuen Anlauf.

An der Tür zwischen Vorraum und Tanzsaal drängte sich Frau Weiß zwischen Erik und Walther hindurch. Die drei beobachteten erschrocken, wie Ralf den Angriff von Jan blockte. Sylvie und Julia schrien auf – nicht gespielt. Denn nun wurde es ernst. Kein Spiel mehr zwischen Ralf und Jan. Sie hatten beide bei Anastasopoulos trainiert. Doch hier fehlte der Ball!

Jan ging zu Boden und schlug sich den Kopf an der ersten Stuhlreihe an. Keine Konzentration auf das Ziel. Kein Spiel zum Thema schlechter oder guter Tag mit einer Zahnbürste. Jan war außer sich!

Kann man nicht mal in Ruhe zum Klo gehen?, dachte Anna Weiß und sah, wie sich Jan aufrappelte. Sie rannte Richtung Bühne. Erik folgte. Walther rührte sich nicht. Sylvie und Julia gingen in Deckung, als Ralf den ersten Schlag landete. Direkt in Jans Magengrube. Er krümmte sich und keuchte.

»Was ist mit dir los?«, rief Ralf. Er wiederholte sich, verstand den Aufstand nicht. Es machte Ralf nichts aus, Jan die Fresse zu polieren. Etwas daran machte ihm sogar Spaß. Etwas daran machte ihm aber auch Angst. In diesem Moment kam er seiner Rolle als Macbeth näher, als er wissen konnte. Jemals begreifen würde.

Ralf wollte erneut zuschlagen, obwohl Jan sich immer noch krümmte. Julia fiel ihm in den Arm. Alle riefen durcheinander. Ralf riss sich los und schubste sie weg. Mehr Zeit brauchte Jan nicht, um sich aufzurichten und auszuholen. In diesem Schlag lag alles, was zuvor in ihm angerichtet worden war: Ohnmacht, Verzweiflung, Angst. Und grenzenlose Wut.

Ralf kassierte den Haken von Jan. Es knirschte und Ralf stürzte. Dabei sah er kleine Blitze vor den Augen. *Man sieht tatsächlich Sterne*, dachte er verblüfft, während Jan seine eigene Hand hielt und vor Schmerz aufstöhnte. Jan taumelte Richtung Ausgang. Dann begann er zu rennen …

»Das habe ich nicht gewollt!«, schluchzte Sylvie. Diesmal musste sie ihre tote Mutter nicht bemühen. Ihre Tränen waren echt.

Julia und Sylvie wollten sich um Ralf kümmern. Doch er schäumte vor Wut und machte sich los. Seine Lippe pochte, schwoll mit jedem Schlag seines hasserfüllten Herzens weiter an. Frau Weiß fingerte an Ralf herum und stammelte erschrockenes Zeug. Ralf stieß sie zur Seite. Dann begann auch Ralf zu rennen. Goodbye, Theaterkurs!

MONA ...

Der Arzt schüttelte den Kopf, zog seine Handschuhe aus und warf sie in einen Mülleimer neben dem Behandlungsstuhl. Er hatte einen holländischen Akzent.
»Ich kann nichts finden.«
Mona lag mit gespreizten Schenkeln im Stuhl. Hinter ihr knallte eine Tür. Der Arzt sah sich um.
»Was hat er denn? Das ist doch gut, oder nicht?!«, fragte er verwirrt.
Mona versuchte ein Lächeln, zog Slip und Hose wieder an. »Haben Sie einen Hinterausgang?«
»Sicher«, sagte der Arzt und wies seine Helferin auf Niederländisch an, Mona den Hinterausgang zu zeigen. »Wer zahlt deze Untersuchung?«
»Er macht das«, sagte Mona und deutete auf die Tür nach vorn raus. Der Arzt bedeutete seiner Assistentin, den Typen nicht entwischen zu lassen, während Mona unbemerkt durch die andere Tür ins Treppenhaus flüchtete.
Mona ließ ihre Jacke mit dem Handy liegen. Doch das fiel der Arzthelferin erst auf, als Mona schon lange aus der Amsterdamer Praxis verschwunden war.

6

MACBETH:
> Verpestet sei die Luft, auf der sie fahren,
> Und alle die verdammt, so ihnen trauen!
>
> »*Macbeth*« – *4. Akt, 1. Szene*

Rot. Blut. *Schmeckt metallisch*, fand Ralf. Er leckte es von seiner Lippe und blinzelte auf der Kreuzung in die Sonne. Sah den Linienbus über den Asphalt schleudern. Hatte noch nie so etwas gesehen. Interessant, wie die riesige Kiste zitterte, als sie zum Stehen kam. Ralf blieb vor der Tür stehen. Leckte Blut von seiner Lippe. Und schrie einen Fluch hinter Jan her.

    Der Busfahrer reagierte schnell genug auf Jan, der wie ein Geist auf der Fahrbahn erschienen war. Hydraulische Bremsen pfiffen empört unter dem Tritt des fluchenden Fahrers. Der Linienbus radierte mit seinen Hinterreifen über die Mittellinie der Fahrbahn bis ins gegnerische Feld und kam mit einem letzten Zischen quer zu beiden Fahrspuren zum Stehen. Zum Glück ohne Gegenverkehr. Eine Frau mit zwei Einkaufstaschen hatte an der mittleren Tür gestanden, um an der nächsten Haltestelle auszusteigen. Sie war mit dem Kopf hart an die Haltestange gestoßen und ohnmächtig in den Gang gestürzt. Der Fahrer stillte

ihre Blutung mit seinem Taschentuch und bat Mitfahrende um Hilfe. Dann rief er Polizei und Krankenwagen über Funk. Zwei männliche Fahrgäste halfen ihm, den Verkehr um den Linienbus auf der Kreuzung umzuleiten. Eine Mitfahrerin, Krankenschwester auf dem Heimweg, kümmerte sich um die verletzte Frau am Boden.
»Wo ist der Kerl?«, rief der Busfahrer einem der Männer auf der Straße zu, die den Verkehr zu regeln versuchten. Wütende Autofahrer passierten den Bus. Sie benutzten den Bürgersteig als Umweg und glotzten neugierig. Niemand stieg aus, um Hilfe zu leisten. Erste Sirenen waren zu hören.
»Welcher Kerl?«, kam es von einem der Helfer zurück. Der Fahrer sah sich nach dem Jungen um, der schon zwei Straßen weitergerannt war. Ein Notarztwagen hielt neben dem Bus, die Sanitäter stellten die Sirene aus. Der Busfahrer fluchte, dann folgte er den Rettungskräften zurück in seinen Bus.

Sylvie wollte das Taschentuch nicht, das Petra ihr reichte, um die verlaufene Schminke abzuwischen. Ralf war wütend auf Sylvie! Das hatte Sylvie nicht beabsichtigt! Petra, die stille Dritte Hexe, schüttelte den Kopf und seufzte: »Jan muss Mona wirklich lieben. Sonst hätte er das nicht getan. Wunderschön, findest du nicht?«
»Was weißt du denn!« Sylvie begann zu schluchzen. Petra steckte das Taschentuch wieder ein und lächelte schadenfroh. So, dass Sylvie es nicht sehen konnte. Hexen unter sich.

MONA ...

... saß am Strand. Weiter unten wischten die Wellen den Müll beiseite. Mona sah einer Plastiktüte zu, wie sie von der Flut fortgetragen wurde. Die Gezeiten rissen den Müll einfach weg, wie jeden Tag, Ebbe und Flut. Doch das war kein Trost und keine Erleichterung für Mona. Sie hatte sich ihre Unschuld für Jan aufheben wollen, für genau diesen Ort. Doch nicht einmal hier, am Strand, fühlte Mona sich nun sicher. Es gab keine Unschuld mehr. Sie hätte sich viel früher Hilfe holen sollen. Doch stattdessen hatte sie es allein zu regeln versucht und einen Fehler nach dem anderen gemacht. Natürlich war Mona nicht schwanger. Und natürlich war ihre Lüge aufgeflogen. Doch leider hatte Mona niemandem die Wahrheit über ihren Müll verraten. Und der wurde nicht einfach von der Flut fortgetragen!

7

LADY MACBETH:
>   Nun, teurer Freund, was bist du so allein
>   Und wählst nur trübe Bilder zu Gefährten?
>   Gedanken hegend, die doch tot sein sollten,
>   Wie jen', an die sie denken. Was unheilbar,
>   Vergessen sei's! Geschehn ist, was geschehn.
>
>   »Macbeth« – 3. Akt, 2. Szene

Bin okay
liebe dich
versprechen gilt
mo

stand auf Jans Handydisplay. Er starrte auf die SMS und las Monas Nachricht ungefähr dreihundert Mal, bevor er mit zitternden Händen Monas Handynummer wählte. Die meistgehasste Frauenstimme der Welt erklärte, dass der Teilnehmer momentan nicht erreichbar war. Jan stand wie vom Donner gerührt in der prallen Vormittagssonne vor dem Kaufhaus Gartenburg, mitten in der Fußgängerzone. »Wo bist du?????«, tippte er mit fünf Fragezeichen auf der Handytastatur und wartete auf die Bestätigung, dass seine Nachricht gesendet worden war.

Dann wartete er aufgeregt auf Antwort. Doch Mona antwortete nicht.

Jan spürte eine Hand auf seiner Schulter und sah überrascht auf.

»Acki!«

»Hallo, Jan. Was machst du hier?«

»Ich war bei Monas Mutter.«

»Da will ich auch gerade hin«, lächelte Achim. Er nahm seine Sonnenbrille ab und blinzelte in die Sonne. Achim hatte dunkle Ringe unter den Augen und sah müde aus. »Gibt es Neuigkeiten von Mona? Was ist mit dir?«

Jan hatte zu zittern begonnen. »Ich weiß nicht ...« Trotz der Hitze brach ihm kalter Schweiß aus. Seine Knie wurden weich und er musste sich an Achim festhalten, um nicht umzufallen.

»Jan! Was hast du? Komm mit ...« Achim führte Jan zu einem Straßencafé gegenüber dem Kaufhaus. »Du bist unterzuckert, kann das sein? Wann hast du das letzte Mal etwas gegessen?«

»Ich weiß nicht«, stammelte Jan erneut. Achim bestellte zwei Cola und einen Schinken-Käse-Toast für Jan. Der reichte ihm wortlos sein Handy mit Monas SMS auf dem Display. Achim las konzentriert, dann sah er auf.

»Sie schreibt, dass sie okay ist ... ein gutes Zeichen.«

Jan schluckte die Cola in einem Zug. Achim winkte der Kellnerin, Jan noch eine zu bringen.

»Sie schreibt außerdem, dass sie dich liebt«, lächelte Achim und sah Jan dabei zu, wie er voll Heißhunger in eines der beiden Dreiecke aus doppelstöckigem Toastbrot biss.

Geschmolzener Käse und Tomatenkerne liefen Jan

über die Finger, während er nickte: »Mooma freiff abph nift wo!!«
»Was?« Achim grinste. »Kau erst mal!«
Jan schluckte und wiederholte: »Mona schreibt aber nicht, wo! Wo sie ist!«
Achim brummte nachdenklich und las Monas SMS erneut.
»Was hat das mit dem Versprechen zu bedeuten?«
Jan versuchte, nicht zu erröten. Er gab sich wirklich alle Mühe, doch er fühlte, wie ihm das Blut in den Kopf schoss. Achim tat so, als würde er es nicht bemerken, und nickte: »Verstehe.«
In diesem Moment war Jan glücklich und dankbar, Acki gegenüberzusitzen und niemandem sonst. Einem verständnisvollen Freund, dem man nicht alles haarklein erklären musste. Acki wusste Bescheid. Ohne weitere Worte.
Im gleichen Moment klingelte das Handy in Achims Hand. Er schreckte zusammen und ließ das Telefon fast fallen, bevor er es Jan reichte, der aufgeregt danach griff: »Vielleicht ist sie das! ... Hallo?«
»Wir müssen uns treffen!«
»Erik! Ich habe dich gesucht!«
»In einer halben Stunde. Oberstufenschulhof!« Das war der Treppenabsatz vor dem Haupteingang.
»Alles klar. Ich komme!«, entgegnete Jan und beendete die Verbindung. »Das war sie leider nicht«, sagte er zu Achim gewandt.
Der beobachtete das Treiben vor dem Eingang des Kaufhauses Gartenburg. Der Umtausch alten Geldes gegen neue Ware war in vollem Gang.
»Weiß Hannelore von Monas SMS?«
»Nein. Frau Gartenburg kann mich nicht leiden.

Sie hat mich rausgeschmissen«, entgegnete Jan und ergänzte: »Sie hält mich für einen Schläger. Kein Umgang für Mona und so.«

»Und? Bist du ein Schläger?«

Jan sah entrüstet auf. »Quatsch!«

»Du warst das vor dem Weveler Hof. Die Geschichte mit dem Bus, oder?«

»Woher weißt du ...?«

»Ich lese Zeitung. Dein Name wird zwar nicht genannt, aber ... Du warst nach dem Unfall bei mir, richtig?«

Aus Acki, dem Freund, war ein Ermittler geworden, der Jan beobachtete. »Zeig mir deine Hände!«

Wieso habe ich ein schlechtes Gewissen?, dachte Jan. *Ralf hat damit angefangen. Und er hat für seine Behauptung was auf die Fresse VERDIENT!*

Jan zeigte Achim die verschorften Stellen auf seinem Handrücken. Es wurde deutlich kälter zwischen den beiden.

Achim sah Jan ernst an: »Was ist bei der Theaterprobe passiert?«

Sandwich und Cola lagen Jan wie ein Stein im Magen. Bisher hatte niemand den Unfall mit der Theaterprobe in Zusammenhang gebracht. Außer Frau Gartenburg und Achim. Beide wussten, dass es um Mona ging. Aber sie wussten nicht, dass Jan sich von einem anderen Mädchen hatte anmachen lassen. Sie wussten ebenfalls nichts von Ralfs unglaublicher Lüge, Mona würde es mit jedem treiben. Für die Ralf von Jan eine Tracht Prügel kassiert hatte.

Achim sah sich die verwundeten Fingerknöchel von Jan genau an. Und Jan hatte keine Ahnung, was er dazu sagen sollte.

»Du kannst mir vertrauen«, sagte Achim und klang plötzlich wie ein Erwachsener. Nicht mehr wie ein Freund. Jan schluckte trocken und schwieg. Das Vertrauen zwischen den beiden hatte sich in Rauch aufgelöst.
»Hast du mit Mona geschlafen?«
»Nein! Das hat sie mir versprochen, wenn sie sechzehn ist!«
»Darum geht es in ihrer SMS?«
Jan nickte stumm.
Achim setzte seine Sonnenbrille auf. »Hat dieses Versprechen von Mona mit einem speziellen Ort zu tun?«
Mehr denn je ähnelte Acki dem Privatermittler aus dem Fernsehen: Magnum! Jan fühlte sich wie in einem Verhör.
»Am Strand, hat sie gesagt. Wenn sie sechzehn ist.«
»Wo genau soll das sein?«
»Weiß ich nicht, verdammt!«, rief Jan und sprang auf. »Ich muss weg.«
»Hey, warte!«
Doch Jan flüchtete. Wie ein Verdächtiger. Wie jemand mit einem schlechten Gewissen. Wie jemand, der etwas zu verbergen hat, verschwand Jan in der Menge und eilte durch die Fußgängerzone davon. Er bekam nicht mit, dass Achim Geldscheine auf den Tisch warf und es mit einem Mal selbst sehr eilig hatte. Achim betrat das Kaufhaus Gartenburg nicht, wie er vorgegeben hatte. Er schlug eine andere Richtung ein.

Jan bekam ebenfalls nicht mit, dass Hannelore Gartenburg im ersten Stock des Kaufhauses an einem

Fenster im Flur stand und beobachtete, wie der Junge von der Menschenmenge in der Fußgängerzone verschluckt wurde. Und kurz darauf ihr Liebhaber. Aus der Verabredung zum Mittagessen mit Achim wurde also nichts!

Wieso hat er es plötzlich so eilig? Was macht Achim eigentlich den ganzen Tag?

Im Hintergrund klingelten Telefone. Sicher kein Anruf von Mona, die schon lange nicht mehr mit Hannelore sprechen wollte. Früher hatten die beiden wenigstens zusammen gefrühstückt. Doch seit Achim eingezogen war, ging Mona ihre eigenen Wege. Nun erfuhr Hannelore höchstens noch von Frau Werner, ihrer Haushälterin, welche Noten Mona aus der Schule nach Hause brachte oder wie es ihrer Tochter ging. Besorgt hatte Hannelore die Urlaubsreise sofort storniert, als Frau Werner ihrer Chefin erzählt hatte, Mona besuche für ein paar Tage einen Freund ...

Welchen Freund? Wieso weiß ich nichts über Monas Freunde? Warum sucht dieser Junge nach ihr? Was ist los?

Eine Welle schlechten Gewissens brandete über Hannelore Gartenburg zusammen. *Über Verkaufszahlen und Sonderaktionen weiß ich besser Bescheid als über meine eigene Tochter!*

Während Hannelore aus dem Fenster sah, füllten sich ihre Augen mit Tränen. Sie fühlte sich erschöpft und mutlos. Die ganze Sache wuchs Hannelore über den Kopf!

Ihre Sekretärin und engste Mitarbeiterin seit vielen Jahren erschien im Flur. »Frau Gartenburg?«

Hannelore unterdrückte ein Schluchzen und ver-

suchte nur die Tränen und nicht ihr Make-up zu verwischen. Sie drehte sich um:»Was ist denn?«
»Ich habe die Polizei auf Leitung eins. Der Name ist Kürten. Es geht um eine Vermisstenanzeige, Ihre Tochter ist anscheinend ...«
»Ich komme!«, unterbrach Hannelore. *Auch das noch! Die Polizei!*
»Alles in Ordnung?«, wollte der Drache wissen.
»Stellen Sie durch. Natürlich ist alles in Ordnung!« Das war eine Lüge. Hannelore Gartenburg verabscheute ihre Sekretärin in diesem Moment. Weil die Frau aus dem Vorzimmer viel mehr zu wissen schien, als sie sollte. Zum Beispiel, dass im Privatleben der Gartenburgs schon länger nichts mehr in Ordnung war!

DAS LEBEN STINKT!

»Mona ist schwanger.«
»Du spinnst!«
»Doch, Jan!«
»Bullshit! Woher willst du das wissen?«
Erik zuckte mit den Schultern.»Mona hat's mir erzählt.«
»Wieso?!«, entfuhr es Jan eine Spur zu laut.»Wieso erzählt sie dir davon!?« Ein Verdacht ließ Jans Gesicht vor Wut rot anlaufen.
»Hast du etwa mit Mona ...??«
Erik winkte ab.»Nein! Mein Vater ist Gynäkologe. Sie wollte, dass ich etwas für sie rausfinde.«
Die Welt stand für einen Moment still. Die Welt stank! Jan lehnte an einem Müllcontainer mit gelbem Deckel. Für den grünen Punkt. Insgesamt gab es sechs

große Container, die den Haupteingang der Schule säumten. Drei blaue für Papier links vom Eingang. Eine gelbe und zwei graue rechts. Mit Ketten und Vorhängeschlössern gesichert, damit niemand Müll auf Kosten der Schule entsorgen konnte. Der gelbe Container stank wirklich unglaublich, obwohl Ferien waren und das Ding eigentlich hätte leer sein müssen. Was der stechende Geruch nicht schaffte, das hatte Erik bei Jan angerichtet: Er hatte Jan den Atem genommen.

»Von wem kann Mona schwanger sein? Von dem Arschloch?«, flüsterte er entgeistert.

Erik saß auf den Treppenstufen vor dem Haupteingang. »Meinst du Ralf? Mister-dicke-Fresse-Macbeth?«, lachte Erik.

Doch Jan war nicht zum Lachen zu Mute.

An den Fenstern der drei Doppeltüren klebten alte Plakate. Der letzte Sockenball, Comedy in der Aula, alles lange her. Bands, die im Weveler Hof aufgetreten waren. Tesafilmschnipsel und vergilbte Plakate über die ganze Front verteilt. Ohne Menschen sah diese Schule leer und tot aus. Innen wie außen. Ein hässliches Gebäude ohne Leben. Ohne Lachen und ohne Gong, der wenigstens etwas regelte, wenn keine Ferien waren.

»Der blöde Sack und sein Bruder bedrohen mich. Ich schätze, Mona ist von Ralf schwanger. Dem hast du einen verpasst!«, sagte Erik und lachte.

Jan machte ein paar Schritte, ohne zu wissen, wohin. Der Fahrradkeller, die Wiese, das ganze Gelände hatten keine Bedeutung. Nicht mehr.

»Sie hat mir geschrieben. Vor einer Stunde.«

»Von dem Baby?« Erik sah überrascht auf.

»Nein, du Idiot!« Jan warf Erik das Handy mit Monas Botschaft zu.

Erik las die SMS, dann drückte er ein paar Tasten. »Vergiss es«, sagte Jan, »sie antwortet sowieso nicht.« »TelNL«, sagte Erik mit Blick auf das Display. »Was?« »Die Message kommt aus einem anderen Netz. Und sie ist nicht von Monas Handy gesendet worden. Hast du Monas Nummer nicht geprüft?«

Erik und Jan sahen sich überrascht an. Beide aus unterschiedlichen Gründen. Natürlich hatte Jan die Nummer des Absenders nicht geprüft!

»Das ist von Mona!«

»Was is'n das für ein Versprechen?«, wollte Erik wissen.

»Geht dich nix an!«

»Die SMS ist jedenfalls nicht von ihrem Handy geschickt worden. Hast du darauf geantwortet?«

Jan nickte wütend. »Klar. Was denkst du denn? Und angerufen! Nichts!«

Erik stand auf und zeigte Jan das Display.

»Du hast deine SMS an den Absender geschickt. Aber nicht an Monas Handy. Sondern nach Holland. TelNL. Sieh doch!«

Jan betrachtete die fremde Nummer auf dem Display, von der aus Mona per SMS Sorgen zerstreut, Liebe erklärt und ein Versprechen erneuert hatte: *Bin okay – liebe Dich – versprechen gilt – mo.*

Erik wiederholte grinsend: »Du hast deine SMS an ein anderes Handy verschickt, nicht an Mona ... Sondern nach Holland!«

Erik drückte ein paar Tasten. Bis zur Liste getätigter Anrufe. »Danach hast du Mona angerufen. Auf ihrer Nummer?«

»Ohne Antwort«, stammelte Jan. »Nur die verdammte Plastikstimme der Mailbox!«
»Das können wir ändern ...«
Erik drückte ein paar Tasten auf Jans Handy. Jan sah Erik gespannt zu.
»Es klingelt ...«, sagte Erik.

HEKTISCHE MÄDCHEN

Pieter Brouwers stand allein am Strand und starrte auf die Wellen, als sein Handy klingelte. Er sah sich zum Pavillon in den Dünen um. Dort, wo seine Frau Grit mit der Tochter vor dem Wind Schutz gesucht hatte. Bei Chocomel für die Kleine und Genever für Grit. Hinter den Scheiben des Pavillons war nichts zu sehen. Von ihr kam der Anruf nicht. Ausnahmsweise. Pieter fühlte sich ständig von seiner Frau beobachtet, er und Grit hatten Streit gehabt. Das deutsche Mädchen war daran nicht unschuldig gewesen. Grit war krankhaft eifersüchtig, seit sie Betty zur Welt gebracht hatte. Sie bombardierte Pieter seitdem mit Anrufen, selbst wenn er nur für eine Stunde spazieren ging. Um für einen Moment Ruhe zu haben. Ruhe funktionierte nicht. Weder zu Hause in Amsterdam noch hier. Der ganze Urlaub war von Anfang an schiefgelaufen.

Pieter drückte eine Taste: »Piet ... Hallo?«
»Hallo, mein Name ist Erik. Ich rufe aus Deutschland an.«
»Verstaa ik niet«, antwortete Pieter. Und erinnerte sich an die SMS, die er bekommen hatte, nachdem das deutsche Mädchen im Ort sein Handy benutzt hatte:

Wo bist du????? War das Deutsch? Grit war es egal gewesen. Sie war ausgeflippt!

Pieter hatte die Frage gelesen und nicht verstanden. Grit hatte Pieter eine Szene gemacht, weil er einem hübschen Mädel in der Stadt erlaubt hatte, von seinem Handy aus eine SMS zu verschicken. Danach hatte es Streit gegeben. So, wie es zwischen Grit und Pieter immer nur noch Streit gab. Betty weinte oft. Die Kleine bekam mit, dass zwischen ihren Eltern die Chemie nicht mehr stimmte. Darüber war Pieter besonders unglücklich. Er hörte: »English?«

»Yeah, better so. What do you want, Erik?«

Für kurze Zeit passierte nichts. Nur Geraschel und Geräusche, dann meldete sich eine andere Stimme. Wütend: »Wo ist Mona?«

Pieter verstand diese Frage und antwortete: »Mona? Weet ik nit!«

Erneutes Geraschel war zu hören. Anscheinend stritten sich zwei Männer um das Telefon. Die Stimme des Typen, der sich Erik nannte, war wieder zu hören: »Where are you?«

»Who wants to know that?« Pieter hatte keine Lust auf Spielchen. »Who are you?«

»My name is Erik. Somebody used your phone. A girl from Germany«, hörte Pieter. Das stimmte. Die Deutsche hatte darum gebeten, sein Handy benutzen zu dürfen. Dann war Grit ausgeflippt und die Deutsche war weggelaufen.

»Yes. The girl run away«, sagte Pieter.

»Where was that?«

»In Oostkapelle«, sagte Pieter und legte auf. Denn Grit stürmte über den Strand auf Pieter zu. Betty in einem Tuch vor die Brust gebunden. Die Kleine weinte, weil sie so durchgeschüttelt wurde. Grit war außer sich, sie hatte durch die Scheiben des Pavillons gesehen, wie Pieter telefoniert hatte. Heimlich, wie sie befürchtete. Pieter seufzte, er war sich völlig klar darüber, dieses merkwürdige Gespräch seiner Frau niemals erklären zu können. Pieter ging zu Recht davon aus, dass dieses erholsame Wochenende an der See hinüber war, bevor es richtig begonnen hatte.

LEBEN RIECHT BESSER!

»Osterpelle oder so ähnlich«, sagte Erik. Er gab Jan sein Handy zurück und deutete auf das Display. »Auf jeden Fall ist Mona in Holland.«

»Am Meer«, sagte Jan leise.

»Hörte sich so an«, stimmte Erik zu.

»Aber wo ...«, murmelte Jan nachdenklich, dann hatte er es eilig. »Leihst du mir dein Rad?«

»Du willst damit aber nicht nach Holland fahren, oder?«

»Quatsch! Also, was ist?« Jan war ganz zappelig vor Aufregung. Er hatte eine Idee.

Erik betrachtete sein Mountainbike, das er vorsichtig an eine der Mülltonnen gelehnt hatte. »Wenn das geklaut wird ...«

»Ich passe auf, versprochen! Los, Mann ... Bitte!«

Erik warf Jan den Schlüssel für ein schweres Bügelschloss zu, das am Rad befestigt war. »Aber du schließt immer ab, kapiert?«

Jan nickte und war schon fast um die Ecke, als Erik ihm nachrief: »Schließ es irgendwo an! Mit Rahmen und Hinterrad! An eine Laterne oder so!«

Auf den ersten Metern hatte Jan Probleme mit der Gangschaltung, bis er die beiden Schalthebel am Lenker begriffen hatte. Zwanzig Gänge, mindestens. Dann flog er mit Eriks Rad nur so durch die Stadt. Das Teil war eine Rakete! Für einen Moment kam ihm Eriks Befürchtung gar nicht so abwegig vor, denn auf diesem Ding hätte man tatsächlich nach Holland fahren können.

Aber das war natürlich Quatsch, vor allem wenn man gar nicht wusste, wo diese Stadt am Meer lag. Doch genau das würde Jan herausfinden! Mona hatte Jan einmal erzählt, dass sie mit ihrem Vater früher in Holland Urlaub gemacht hatten. »Als wir noch eine richtige Familie waren. Wir haben dort ein Haus«, hatte Mona gesagt und dabei sehr traurig ausgesehen.

Jan raste am Sportplatz vorbei, und obwohl er noch nie auf einem Mountainbike gesessen hatte, presste er intuitiv die Schenkel an den Rahmen und riss den Lenker hoch, um über die Bordsteinkanten zu fliegen. Mona war in Holland. Die Gartenburgs hatten dort ein Haus. Diese Verbindung war ihm erst eingefallen, als Erik nach Monas Versprechen in ihrer SMS gefragt hatte. Das mit der Schwangerschaft konnte einfach nicht stimmen! Jan überfuhr eine rote Ampel und ärgerte sich, dass er vergessen hatte, Erik danach zu fragen, was Mona von Eriks Vater hatte wissen wollen, als er hinter sich ein lautes Knacken und dann eine Lautsprecherstimme hörte: »Du da! Auf dem Rad! Rechts ranfahren ...«

Nichts da. Das kam überhaupt nicht infrage! *Von der Schule bis zu den Gartenburgs brauche ich nur zehn Minuten!* Jan sah sich um, schaltete in den nächsten Gang und trat in die Pedale. Der Polizeiwagen hinter ihm gab Gas.

Wenn ich es bis in den Roten Weg schaffe, müssen sie außen um das Internatsgelände fahren, um mich zu kriegen!

Der Fußweg mit dem roten Boden, der am Knutschwäldchen vorbeiführte, war nicht weit entfernt. Jan erkannte die Stelle mit dem Zaun, in den er sich vor kurzem voller Verzweiflung gekrallt hatte. Doch nun hob Jan fast ab, als er über die Bordsteinkante flog. Nur noch wenige Meter bis zum Roten Weg! Hinter ihm wurde die Sirene eingeschaltet. Der Polizeikombi raste auf der Straße an Jan vorbei, um ihm den Weg abzuschneiden. Doch der Bürgersteig wurde von einem Grünstreifen zur Straße hin begrenzt. Für einen Moment fuhren das Rad auf dem Bürgersteig und der Wagen auf der Straße nebeneinanderher. Auf dem Beifahrersitz des Polizeiwagens konnte Jan ein bekanntes Gesicht fluchen sehen: Polizeimeister Kürten gestikulierte zu der Fahrerin, er wusste genau, was Jan vorhatte. Doch zu spät: Mit einer Vollbremsung zog Jan mit dem Hinterrad des Mountainbikes einen schwarzen Streifen über den Bürgersteig und schoss unter Sirenengeheul auf die Asche des Fußgängerwegs in das Internatsgelände, dem der Rote Weg seinen Namen verdankte. Der Polizeiwagen bremste quietschend, die Sirene verstummte, dann knackte es und Kürtens wütende Stimme war über Lautsprecher zu hören: »Ich habe dich erkannt, Jan Reiter!«

Jan trat in die Pedale und lachte in sich hinein: *Na und? Du hast mir nicht geholfen, Bulle! Jetzt helfe ich mir selbst. Davon wirst du mich nicht abhalten!*

Ein Fußgänger zerrte seinen Hund an der Leine erschrocken vom Roten Weg an die Seite und fuchtelte entrüstet hinter dem Jungen auf dem Mountainbike her. Doch Jan war nicht zu bremsen. Jetzt nicht mehr!

»Und jetzt?«, fragte die junge Polizistin ihren Vorgesetzten eifrig. »Leiten wir die Fahndung ein?«

»Quatsch!«, antwortete der Beamte auf der Beifahrerseite. »Die Adresse des Jungen ist bekannt. Ich wollte nur mit Jan reden, kenne seinen Vater ... Aber wieso haut er ab?«

»Sollen wir zu den Eltern fahren?«, schlug die Kollegin vor. Polizeimeister Kürten schaltete wortlos das Blaulicht aus und dachte für einen Moment nach. Seine Fahrerin war noch in der Ausbildung. Sie wartete geduldig auf weitere Anweisungen.

»Wir fahren in die Stadt! Kaufhaus Gartenburg.«

Die Polizistin startete den Motor, dann sah sie ihren Chef kritisch an. Der wurde ungeduldig. »Was ist denn? Fahren Sie!«

»Geht das auch höflicher?«, kam es beleidigt zurück.

»Würden Sie BITTE ... !«

»Na also. Geht doch!« Die Fahrerin gab Gas.

EIN MÄNNLEIN STEHT ...

Frau Werner lehnte an der Spüle und beobachtete durch das Küchenfenster, wie Jan durch das offene Tor der Einfahrt schoss und das Fahrrad achtlos auf die Wiese neben den Steinplatten fallen ließ, die zum Eingang führten. Sie ärgerte sich, konnte es nicht leiden, wenn man den Rasen betrat. Den ihr Mann wie seinen Augapfel hütete, so, wie er das ganze Anwesen als Gärtner und Hausmeister in Schuss hielt.

Die Haushälterin der Gartenburgs ärgerte sich in letzter Zeit nur noch. Tragisch genug, dass Herr Gartenburg verstorben war. Doch seitdem waren neue Sitten eingerissen, die sie nicht billigen konnte. Weil ihr Chef sie niemals gebilligt hätte. Und weil sich Frau Werner heimlich wie die neue Chefin fühlte, denn Frau Gartenburg kümmerte sich um überhaupt nichts mehr, was mit dem Anwesen zu tun hatte. Nicht mehr, seit sie das Kaufhaus allein leiten musste.

Der Junge trampelt einfach über den Rasen!, dachte sie und eilte zur Tür. *Dem werde ich was erzählen!*

»Anwesen« war eines von Frau Werners Lieblingswörtern. Sie lebte für diesen Ort, dem ihr Mann und sie ihre besten Jahre geopfert hatten. Doch seit der »neuen Zeit«, die für Frau Werner nach dem Tod von Christoph Gartenburg angebrochen war, hatte ihre Zuneigung zu Bewohnern und Gästen des Hauses gelitten. Die Haushälterin hatte gegenüber Frau Gartenburg natürlich nie ein Wort über den neuen Freund verloren, der mit seinen dubiosen Autoreparaturen den Garagenboden verdarb und auch sonst überall schaltete und waltete, wie es ihm gefiel. Ganz besonders verabscheute sie es, von diesem Mann »Wernerchen« genannt zu werden. Eine unverschämt herablassende Vertraulichkeit, die »Herr Achim« sowohl für die Haushälterin als auch für ihren Mann benutzte.

»Wernerchen, kannst du mal ...«, gehörte zu den meistgehassten Wendungen, die Frau Werner über sich ergehen lassen musste. Ihren Freundinnen erzählte sie oft und gern, dass nur noch das Mitleid sie und ihren Mann in dieser Stellung hielt. Was die Damen im Kränzchen mit betoniert lächelnden Gesichtern stumm über sich ergehen ließen. Denn es war gelogen, das wussten alle. Es ging nur noch um das Anwesen. Nicht mehr um Menschen. Die oft vorgetragene Lüge wurde einfach still hingenommen. Was Frau Werner noch wütender machte. Selbst in ihrer freien Zeit musste sie sich ärgern!

Es klingelte Sturm.

»Ich komme ja schon!« Frau Werner öffnete die Tür. Nicht weit. »Was willst du?«

Der verschwitzte Junge grüßte nicht, sondern kam gleich zur Sache: »Ist Acki da?«

»Nein.«

»Wo ist er denn?«, kam es atemlos zurück.

Frau Werner betrachtete die Schweißperlen auf Jans Stirn mit Ekel durch den Türspalt. Für sie hatte die Tochter einen schlechten Geschmack, was die Wahl eines Partners betraf. Ebenso wie Monas Mutter. Beide hatten den Hang zu ungehobelten Proleten, fand Frau Werner.

Sie wendete die gleiche Taktik an, die sie auch bei »Herrn Achim« verwendete: Herablassung.

Frau Werner antwortete mit blasierter Höflichkeit. Wie britische Butler alter Schule zu antworten pflegten: »Das entzieht sich leider meiner Kenntnis. Guten Tag.« Und schlug Jan ohne ein weiteres Wort die Tür vor der Nase zu.

Jan war baff. Stand einen Moment unschlüssig vor der Tür und getraute sich nicht, noch einmal zu klingeln. Die unfreundliche Haushälterin hatte ihn eingeschüchtert, ihm allen Wind aus den Segeln genommen.

Monas Mutter hat zwei Drachen, dachte er frustriert. *Einen fürs Büro und einen für zu Hause!*
Jan sah sich um. Keine Wagen. Also niemand da außer der Haushälterin mit Betonfrisur. Weder Ackis Porsche noch der Benz von Monas Mutter. Sie war natürlich im Kaufhaus und sowieso keine Hilfe. Jan schnaufte mutlos und hob das Rad auf. Er hatte gehofft Acki zu treffen. Der hätte ihm vielleicht sagen können, ob seine Idee mit Holland … Neben sich hörte Jan ein Zischen und sah überrascht auf.

Frau Werner stand an der Spüle, das Wasser im Becken war kalt geworden. Sie bedauerte keinen Augenblick, Monas Freund abgewiesen zu haben. Sie wollte und musste das Mädchen davor schützen, sich mit solchen Jungs abzugeben. Obwohl Mona, die Frau Werner immer wieder schmerzlich an ihren Vater, den ehemaligen Chef, erinnerte, sich schon lange aus der schützenden Umarmung der Haushälterin befreit hatte. Obwohl sie das süße Kind damals gefüttert, gewickelt und in den Armen gehalten hatte. Das war lange her und kaum noch wahr. Monas Pubertät hatte einen Keil in das gute Verhältnis getrieben. Der Tod ihres Vaters hatte Mona schließlich endgültig von ihr entfernt. Seitdem behandelte ihr Liebling die Haushälterin wie das, was sie war. Nannte sie statt wie früher »Marie« nun »Frau Werner«, was die älter gewordene Dame verletzte.

Sie beobachtete durch das Küchenfenster, wie der Junge sein Rad endlich vom Rasen entfernte. Gut so! Doch der Junge verschwand nicht, sondern ging zu den Garagen … Frau Werners Augen verengten sich zu misstrauischen Schlitzen. Sie beeilte sich mit dem

Besteck im Becken, ließ das Wasser ab und wischte die Arbeitsfläche sorgfältig trocken. Herr Gartenburg hatte Marie schon vor Jahren eine Spülmaschine kaufen wollen. Als die Verhältnisse auf dem Anwesen noch in Ordnung waren. Doch sie hatte immer abgelehnt. Nun war Herr Gartenburg tot. Frau Werner wünschte sich keine Spülmaschine: Sie beobachtete, was vor dem Küchenfenster geschah, und wünschte sich wie jeden Tag, dass alles wieder wie früher sein sollte.

»Hier! Komm mal ran!«, zischte eine Stimme.
Jan schob das Rad an der Doppelgarage vorbei zu dem Ast, der sich bewegte. Den alten Mann, der sich neben der Garage versteckte, hatte Jan noch nie gesehen. Er trug eine karierte Weste und nestelte mit schmutzigen Fingern einen Flachmann aus seiner Innentasche. Jan betrachtete die Hände fasziniert. Rau, jeder Riss schwarz von Erde, ebenso die Fingernägel.
Schwarz!
Fast wie ein Negativ. Das Negativ eines Fotos von seiner Hand, dachte Jan. Die andere Hand zog Jan neben die Garage.
»Willste 'n Geheimnis wissen?«, flüsterte der Mann. Er öffnete den Verschluss des Flachmanns.
Das muss der Gärtner sein, dachte Jan und nickte.
Der Mann, oder besser, das alte Männlein, ging Jan nur bis zur Brust. Er kicherte und nahm einen tiefen Schluck aus der silbernen Flasche. Die Falten um seine Augen waren ebenfalls schwarz. Sie gaben ihm einen verschmitzten Ausdruck, selbst wenn er nicht lächelte. Er grunzte genießerisch, dann sagte er: »Dem Rasen ist egal, ob du drüberläufst oder dein Fahrrad reinschmeißt. Legal? Illegal? Scheißegal!«, kicherte er.

»Oh, äh ... danke«, sagte Jan und fragte sich, ob das ein Freispruch war oder das Geheimnis sein sollte.

Sein Gegenüber nahm noch einen Schluck und zog Jan unter die Tanne neben der Garage. Er deutete nach hinten in den Garten, hustete und wurde plötzlich ernst.

»Dem Ginkgo macht die Sonne zu schaffen. Die Rhododendren gehen auch ein, wenn ich nicht ständig mit dem Schlauch danebenstehe. Die brauchen viel Wasser.«

»Ach ...«

Das Männlein ist verrückt, dachte Jan. *Steht im Wald und ist verrückt.* Er hörte plötzlich eine Melodie ... *Ganz still und stumm* ... Er kicherte selbst, riss sich aber zusammen.

Was mache ich hier?

Harald Werner reichte Jan die versilberte Flasche: »Willste? Einen kleinen Schluck?«

»Nee, danke.« Jan wollte nur weg.

»Neunundneunzig ist alles eingegangen. Hier und in Holland. War einfach zu heiß ... Manche Jahre sind zu heiß. Manche Jahre sind furchtbar!«

»Was?«

»Na, erst stirbt der Chef, dann der Garten. Neunundneunzig war ein schlechtes Jahr, kannst du mir glauben. Ich kann nicht überall aufpassen! Nicht überall gleichzeitig, verstehste?«

Jan hielt überrascht den Atem an. Aus dem Vorgarten war die schneidende Stimme von Frau Werner zu hören: »Harald?«

Harald nahm noch einen Schluck aus dem Flachmann und duckte sich. »Sie darf das nicht wissen.«

»Wo ist dieser andere Garten?«, fragte Jan aufgeregt.

»Harald! Komm sofort her!«

»Sie darf das nicht wissen!«, quengelte das Männlein erschrocken und stopfte den Flachmann in seine Tasche. Er wollte flüchten, doch Jan hielt ihn fest.

»Wo in Holland?«

»Ich muss gehen«, stammelte das Männlein. »HARAAALD!!«, tönte die Stimme, nun bedrohlich nahe.

»Wo!?« Jan wurde heftiger als die resolute Frau im Vorgarten. Er hielt den zappelnden Gärtner fest, der vor Angst mit den Füßen scharrte. Nicht aus Angst vor Jan. Sondern vor seiner Frau.

»Über Venlo an die Küste. Aus 'm Kreisverkehr und dann an die Küste. Lass mich los!«

»Ostkapelle?«, fragte Jan. Er dachte nicht daran, Harald loszulassen.

»Oooostkapelle«, flüsterte das Männlein gedehnt und klopfte auf Jans Arm, »aus 'm Kreisverkehr rechts. Weiße Blüte ... Lass mich los!«

Jan hörte Schritte vor der Garage und entließ den zitternden Mann. Harald entwischte durch die Büsche in den Garten hinter dem Haus. Frau Werner erschien neben der Garage. Hände in die Hüften gestemmt.

»Was machst du denn noch hier?«

»Pinkeln!«, improvisierte Jan. Und kam spontan auf die Idee, so zu tun, als würde er sich den Reißverschluss zuziehen. Schließlich war er bis vor kurzem Schauspieler gewesen.

Schauspielen heißt Leben imitieren, hatte Mona auf der zweiten Probe gesagt. Sogar Frau Weiß hatte damals beifällig genickt. Und wahrscheinlich in diesem

Moment die Regie des Theaterprojektes endgültig an Mona abgegeben. Nur Ralf, der blödeste Macbeth aller Zeiten, hatte Mona nicht verstanden. »Hä?« »Improvisieren«, hatte Mona gesagt. »Nimm etwas aus dem richtigen Leben und verwandle es. Zu deinem Spiel. Ein Gefühl, eine Situation, irgendetwas! Du musst lügen und in der Lüge die Wahrheit finden.« Während die Haushälterin sich bedrohlich vor ihm aufbaute, verstand Jan in diesem Moment ein wenig mehr. Etwas über Mona. Über Lügen und Wahrheiten. Jan bekam vor Freude über diese Erkenntnis eine Gänsehaut. Daneben war die böse Haushälterin nur ein schlechter Witz. »Wo ist Harald?«

Etwas in Jan – wahrscheinlich die neue Information über Monas Aufenthaltsort, vielleicht auch nur Übermut – ließ ihn mit vollendet gespielter Arroganz antworten. Auftritt Butler, very British: »Das, Werteste, entzieht sich leider meiner Kenntnis!« Mit diesen Worten ließ Jan Frau Werner abblitzen. Mit ihren eigenen Worten!

Während er Eriks Rad aus der Einfahrt schob, gratulierte Jan sich zu dem Zusatz »Werteste«. Reine Improvisation. Jan meinte Applaus zu hören. Auch von Mona, während Frau Werner mit weiteren Rufen nach ihrem Mann über das Grundstück eilte.

Jan schoss durch das Musikerviertel wie der Wind. Im sechsten Gang. Er schaltete einen Gang höher.

Mona war in Oostkapelle. *Mit langem »O«.* Dort gab es ein Haus. *Dort werde ich Mona finden! Am Meer!*

MONA ...

... verriegelte die Tür von innen und ließ alle Vorhänge zugezogen. Als wäre niemand zu Hause. Monas Vater hatte zu Lebzeiten darauf bestanden, weder Telefon noch Computer installieren zu lassen. In der schönsten Zeit des Jahres wollte er im Garten arbeiten, mit seiner Tochter schwimmen gehen. Die Familie sollte zusammen essen können, ohne gestört zu werden. Dafür wollte er Ruhe haben. Auf der Anrichte neben der Wohnzimmertür stand ein Bild von Christoph, Hannelore und Mona aus dieser Zeit.

Du bist groß geworden, Schatz!, hörte Mona die Stimme ihres Vaters und sah ihn auf dem Foto lächeln.

Nein, Papa ... Ich bin schmutzig!, dachte sie und schlug die Hände vors Gesicht.

Mona ließ sich in einen Sessel fallen, in dem ihr Vater immer gelesen hatte. Dann weinte sie, bis es so dunkel wurde, dass das Foto nicht mehr zu erkennen war. Doch Mona machte kein Licht. Sie hatte Angst, dass er kommen und sie finden würde. Denn er würde nach ihr suchen, das war Mona klar.

8

KRIEGER:
 Doch ich bin matt, die Wunden schrein nach Hilfe.
DUNCAN:
 Wie deine Worte zieren dich die Wunden;
 Und Ehre strömt aus beiden. Schafft ihm Ärzte ...
 »Macbeth« – 1. Akt, 2. Szene

Um Erlaubnis bitten. Auf Verständnis hoffen. Zahnbürste holen. Tschüss sagen. Ein Kuss für Claudia, einer für Nina (mit der dicken Umarmung abreisender Geschwister, ungewohnt liebevoll). Ein freundschaftlicher Klaps auf Dieters Schulter, der heute sicherlich einen Kater hatte, aber wenigstens wieder aufgetaucht war. Gott sei Dank! Versöhnung. Verabschiedung. Kontaktlinsenflüssigkeit und der kleine Behälter für die Linsen. Enzymtablette überflüssig, denn ich will ja keine Woche wegbleiben. Nur hin, Mona holen und zurück in die Heimat. Zahnpasta. Eine Landkarte, am besten eine von Holland, und einen Straßenatlas von hier bis dort. Geld!? Geld war wichtig!
 Eine Unterhose oder zwei? (Claudia: »Zwei Slips, Jan! Man kann nie wissen, wie lange das dauert!«) Ich hasse das Wort »Slip«. Klingt nach Mädchenunterhose. Einmal Socken, ein T-Shirt.

(*»Zwei Paar! Und zwei T-Shirts, mindestens! Und ein Handtuch ... Du brauchst ein Handtuch!«*) *Laptop mit Ladegerät. Kabel nicht vergessen! Dann Eriks Rad auf jeden Fall im Keller einschließen, damit das teure Stück nicht geklaut wird und es keinen Ärger gibt ...*

Jan blinzelte aus dem Führerhaus. Er hatte nichts von all dem eingepackt. Sondern war ohne Umweg mit Eriks Rad direkt zur Autobahnauffahrt gefahren, hatte das Rad im Graben neben der Auffahrt an einen Baum geschlossen und mit abgerissenen Ästen zugedeckt. Schlechtes Gewissen inklusive.

Sorry, Mann. Aber meine Eltern hätten mir den Trip nie erlaubt, niemals! Ich muss zu Mona fahren, verstehst du das? Jan war sich absolut nicht sicher, ob Erik das mit dem Rad oder seiner Reise verstanden hätte. Ziemlich sicher war er sich darüber, dass Claudia und Dieter ihn nic hätten gehen lassen. Nur deshalb hatte er gelogen.

»Fahren Sie nach Holland?«
»Nederland is groot!«
»Oostkapelle?«
»Nee, Rotterdam. Haven.«
»Oh«, sagte Jan enttäuscht. Doch der Riese im Netzunterhemd grinste: »Bis Venlo? Dat is de halve weg. Koom binnen! Ik ben Steff.«
»Ich heiße Jan.«
»Geen Tasche, Jan?«, wunderte sich Steff.
»Nee«, sagte Jan und bestieg das Führerhaus.
Steff hatte an der Bushaltestelle vor der Autobahn-

brücke gehalten. Er zuckte mit den Achseln und ließ den Sattelschlepper an.

Auf dem Beifahrersitz des holländischen Trucks war Jan die Liste fehlender Erlaubnisse und Utensilien in Gedanken durchgegangen. Er hatte noch nie eine Reise allein unternommen und durfte grundsätzlich nicht trampen. Doch Jans schlechtes Gewissen hielt nicht lange vor. Er wurde abgelenkt und war völlig fasziniert von der komplizierten Gangschaltung des Lasters.

Wow! Mehr Gänge als Eriks Mountainbike! Und diese Tattoos!!

Besonders gefiel Jan, wenn Steffs Muskeln beim Schalten die Bilder auf seinem Oberarm zum Leben erweckten.

Irre! Ist das Lara Croft über dem Ellenbogen?

Doch es handelte sich um Steffs vorletzte Frau, wie er lachend erklärte. Sein Bauch wölbte sich unter dem Netzunterhemd fast bis zum Lenkrad. Steff teilte sich mit Jan ein Käsebrot.

Aus dem Führerhaus der Zugmaschine war die Autobahn ein übersichtlicher Streifen. Wie eine Landebahn. Mit dem Unterschied, dass viele bunte und zerbrechlich wirkende Autos um den riesigen Sattelschlepper herumwuselten.

Wie aus dem Cockpit einer Boeing, stellte Jan sich begeistert vor, der noch nie in seinem Leben geflogen war.

Im Radio lief »Beautiful« von Christina Aguilera. »We are beautiful, no matter what they say. Words can't bring you down«, sang Steff mit, während er steuerte. Dabei wechselte er in zehn Takten dreimal die Tonart, mindestens. Schrecklich schräg. Jans Augen wurden feucht. Er sah durch das Seitenfenster. »Don't you bring me down ... today ...«, verklangen die letzten Takte von Christinas Song. Am Straßenrand huschten Felder und Wiesen vorbei. Jan sah alles durch einen Schleier und wischte sich verstohlen ein oder zwei Tränen aus dem Auge.

»Alles klaar?«, fragte Steff, steuerte den Truck mit den Ellenbogen und drehte sich währenddessen eine Zigarette mit drei Blättchen, Tabak und dem Inhalt einer kleinen Plastiktüte.

Jan nickte und beobachtete Steff. Der machte geschickt drei Sachen gleichzeitig: ein Auge auf die Straße, eins auf Jan und ein drittes auf sein kompliziertes Bauwerk oberhalb des Lenkrads gerichtet.

»Life is a song«, murmelte Steff, zwirbelte die Spitze des Joints und drückte auf seinem CD-Player im Dachhimmel über der Frontscheibe herum. Eins der kleinen Autos hupte, weil der Sattelschlepper in seine Bahn driftete.

»Sorry«, murmelte Steff grinsend und brachte den Truck wieder auf Spur. »Bist du schon mal in Nederland gewesen, Jan?«

»Nee.«

»Echt niet?«, wunderte sich Steff.

Jan schüttelte den Kopf.

Steff schaltete einen Gang höher, zündete seinen Joint an und drückte auf »Play«.

»Tolles Land. Ganz flach, viel Wasser, viel Wiese ... Wird dir gefallen«, grinste Steff. Dann erschütterte der donnernde Sound von Blur das Führerhaus. Song 2.

»Woohoo!«, grölte Steff mit der Band.

Jan grinste, fühlte sich in dem Truck auf einmal

geborgen. Viel besser als zu Hause. Auf dem richtigen Weg. Das Beste an Steff war, dass er lieber zu seinen Lieblingssongs sang, als Jan Fragen zu stellen und Antworten zu erwarten. Kurz hinter Mönchengladbach grölte Steff in die Pausen von Marilyn Mansons »Rock is Dead«: »It's not!«
Jan übernahm lautstark Marilyns Part: »Rock is dead.« Steff sang immer wieder begeistert dazwischen: »No, it's NOOOTTTT!«
Fahrer und Beifahrer lieferten sich ein gegröltes Gefecht und waren sich lachend einig. Die Zeit verging wie im Flug!
Kurz vor der Grenze ging Steff vom Gas. Obwohl Sheryl Crow live und aus vollem Herzen »Run, Baby, run!« sang.
Sie krochen über den Grenzübergang. Steff hielt auf einem Parkplatz und drückte Jan »De grote Kaart van Nederland« in die Hand. Sein Geschenk. Er kannte das Land auswendig. Jan konnte nicht anders, als dem großen Mann um den Hals zu fallen. »Danke, Mann!«
»Graag«, entgegnete Steff verlegen, wusste plötzlich nicht mehr, wohin er sehen sollte. »Tot ziens.«
Steff zündete sich einen neuen Joint an. Der Diesel stieß rauchende Wolken aus.
»Du mich auch«, grinste Jan und stieg aus. Er hörte Steff immer noch lachen, als der schon in den Kreisverkehr abgebogen war.
Fünfzehn Euro vierzig. Mehr hatte Jan nicht in der Tasche, als er sich auf dem Parkplatz umsah. Geradeaus ein großer Kreisverkehr mit einem merkwürdigen Kunstobjekt in der Mitte. Und zu vielen Schildern in alle Himmelsrichtungen. Mit vielen Namen. Keiner

davon Oostkapelle. Keine Zahnbürste, keine Erlaubnis seiner Eltern, keine Umarmung seiner Schwester, keine Unterhose zum Wechseln ... niente, nada, nichts!

In seiner Hosentasche fühlte Jan das Handy, dessen Ladebalken gerade noch ein Drittel Akkukapazität anzeigte.

Jan stapfte zum Kreis, las alle Schilder in die verschiedenen Richtungen und verglich sie mit Steffs Geschenk, der großen Faltkarte von Holland. Er fand die Richtung: rechts raus. Genau wie der Gärtner gesagt hatte. Eindhoven, Tilburg. Breda. Bergen op Zoom, dann würde man sehen.

Jan wanderte rechts aus dem Kreisel und streckte den Daumen erst in der Einfahrt zu einer großen Gärtnerei wieder in den Wind. Dort war Platz genug für den nächsten Sattelschlepper und das nächste Abenteuer auf dem Weg an die Küste. Auf dem Weg zu Mona. Bis nach Oostkapelle.

Trampen ist geil!, dachte Jan. Er sah für ein paar Minuten auf die Straße und beobachtete abwechselnd den Himmel. Die schnell ziehenden Wolken über sich. Hier war es kühler als zu Hause. Hinter ihm kam eine Frau mit Schürze aus dem Gewächshaus und winkte. Jan winkte zurück und kassierte ein Lächeln. Plötzlich war auch ohne Zahnbürste und Erlaubnis seiner Eltern alles gut. Ein Gefühl von Freiheit! Steff hatte Recht: Jan fühlte sich wohl in diesem Land. Schnell ziehende Wolken, der Wind, die netten Leute ...

DAUMENREISE INS VERDERBEN

Knirschender Kies unter allradgetriebenen Rädern. Ein nagelneuer Audi A4 hielt neben Jan. Das Beifahrerfenster fuhr herunter. Ein junger Mann in Anzugweste und Hemd beugte sich über den Beifahrersitz und fragte: »Wohin?«
Jan trat an das Fenster und deutete auf seine Hollandkarte. »Nach Oostkapelle?«
»Ah, Zeeland«, nickte der Mann mit Blick auf den südwestlichsten Inselzipfel oberhalb von Belgien.
»Ich kann dich bis Breda mitnehmen, dann hast du über die Hälfte der Strecke.«
Jan sah in die Karte – der Mann hatte recht – und ließ sich in die Lederpolster des Wagens fallen.
»Na, dann los!«, lächelte der Mann und Kies spritzte unter den Rädern. Wenige Minuten später war Jan bereits auf der Autobahn Richtung Küste unterwegs.
Das kann wirklich nicht besser laufen, dachte Jan.
»Wenn dir kalt ist, regele ich die Klimaanlage herunter«, sagte der Mann mit Blick auf Jans Gänsehaut knapp unterhalb des T-Shirt-Ärmels. »Ich habe nachher einen Termin und darf meine Geschäftsverkleidung nicht durchschwitzen.«
»Ist genau richtig«, lächelte Jan und räkelte sich behaglich in den Polstern.
Wolfgang stellte sich als Softwareentwickler aus Mönchengladbach vor. Er sollte in Breda die Computeranlage eines neuen Callcenters einrichten. Die beiden plauderten über die Gladbacher Fußballmannschaft und Computertechnik allgemein, während Wolfgang den Audi schnell und geschickt Richtung Eindhoven steuerte.

Wolfgang, »meine Freunde nennen mich Wolf«, war dreiunddreißig, nicht verheiratet. Dafür hatte er zwei Katzen, wie er grinsend verriet: »Die stören wenigstens nicht beim Computerspielen, du verstehst.« Die Zeit verging wie im Flug, mit dem Austausch von Tricks und Cheats bei Jans Lieblingsspielen am Computer. Ein paar wirklich gute Tipps von Wolf, die Jan sich vornahm zu merken. Zwischen Eindhoven und Tilburg wollte Wolf alles von Jan wissen: wo er herkam, welche Schule er besuchte und was Jan werden wollte.

»Biologe. Im Bereich Zoologie.«

Wolfgang nickte anerkennend. »Interessantes Gebiet ... Hast du eine Freundin?«

»Mhmm«, nickte Jan. Ohne besondere Lust, dieses Thema zu vertiefen. Er war froh, auf dem richtigen Weg zu sein. Alles war in bester Ordnung.

Dann machte Wolf einen Vorschlag: »Was hältst du davon, wenn wir an der nächsten Raststätte rausfahren und was essen? Ich zahle.«

»Echt?«, freute sich Jan. Das Käsebrot von Steff lag viele Stunden und noch mehr Kilometer hinter ihm. »Klasse, ich sterbe vor Hunger.«

»Okiedokie«, lächelte Wolf. Die Sonne schien auf Felder und Wiesen. Jan sah Bauernhöfe an sich vorüberfliegen.

»Siehst du dir gern Fotos an?«

»Was für Fotos?«, fragte Jan irritiert.

»Na, Bilder eben. Oder Filme ... Im Internet. Du weißt schon ...« Wolf öffnete das Handschuhfach vor Jan, ohne die Augen von der Straße zu lassen. Jedoch nicht, ohne mit der Hand leicht über Jans Knie zu streicheln, bevor er sie wieder auf das Lenkrad legte.

Die Gänsehaut auf Jans Beinen hatte nichts mit der Klimaanlage zu tun. Jan zuckte zusammen, als er im offenen Handschuhfach neben Krimskrams, Kugelschreibern, Tempos *und KONDOMEN??* ein Hochglanzmagazin erkannte, auf dessen Titelblatt zwei nackte Jungs, etwa in Jans Alter, mit sich spielten. Kein Fußball, auch nicht am Computer. *Die beiden sind ja NACKT!*

»Sieh es dir ruhig an«, sagte Wolf, während er Gas gab und auf die linke Spur wechselte, um einen Sattelschlepper zu überholen.

Jan war wie gelähmt. Unfähig, einen klaren Gedanken zu fassen, wie er aus dieser Nummer herauskommen konnte. Wie er aus diesem Wagen herauskommen konnte! Mit zusammengebissenen Zähnen sah er dabei zu, wie der Typ den LKW überholte, und wünschte sich, dass Steff im Führerhaus saß. Dem hätte er winken können. Steff hätte ihn rausgehauen, ganz sicher!

Aber Steff steht wahrscheinlich gerade an der Laderampe in Rotterdam und sieht dabei zu, wie ausgeladen wird. Scheiße, wahrscheinlich SINGT er gerade einen Song mit, der aus seiner Anlage über den Parkplatz dröhnt. WAS MACHE ICH JETZT?!

»Was ist? Hast du keine Lust?«, fragte Wolfgang und blätterte beiläufig mit der rechten Hand das Magazin auf der Ablage des Handschuhfachs auf. Ein Doppelpack FROMMS FEUCHTFILM fiel Jan zwischen die Füße.

Die gleiche Marke, die ich für Mona und mich gekauft habe! Nicht nach unten sehen! Nicht in das Fach sehen! Scheißescheißescheiße!

Jan starrte betäubt aus dem Fenster. Fühlte eine Hand auf seinem Knie und war unfähig, sie wegzustoßen. Denn Wolfgang plauderte munter weiter. So, als hätte sich absolut nichts zwischen den beiden geändert.

»Wenn ich jetzt einen Fehler mache, sind wir beide tot. Vergiss das nicht, Jan ...« Wolfgang gab auf der Überholspur Gas und streichelte Jans Knie. Hundertsechzig. Kleinwagen huschten von der Überholspur vor dem Audi in Deckung. Wolfgangs rechte Hand wanderte an den Schenkelinnenseiten von Jans Jeans hoch. Ganz langsam. Jan konnte seine Finger kriechen spüren und kniff die Schenkel zusammen.

»Bitte nicht«, krächzte Jan. Er wagte nicht, das Handschuhfach zu schließen, wo die Bedienungsanleitung für nackte Jungenspiele mit vielen bunten Bildern ausgebreitet lag. Für das, was Wolfgang mit Jan vorzuhaben schien.

»Es ist geil, Jan. Tut überhaupt nicht weh!«, flüsterte der Fahrer, ohne den Blick von der Straße zu nehmen. Wolfgang, dessen Verwandlung vom Computerspezialisten und Katzenliebhaber bei hundertachtzig kaum zu bemerken war. Bis auf die Tatsache, dass er keuchte und seine Stimme gepresster klang als vorher. Der Audi flog ungebremst auf der Überholspur an holländischen Lastern und PKWs vorbei. *Hundertneunzig!*, erkannte Jan entsetzt auf dem Tacho. Die Holländer hielten sich an Geschwindigkeitsbegrenzungen und fuhren brav rechts. Jan kam es so vor, als würden die Fahrzeuge auf der rechten Spur stehen!! Dann griff Wolfgang nach Jans linker Hand und führte sie zum Schoß seiner Anzughose. Jans Hand zuckte so stark zurück, dass er Wolfgang einen Kinnhaken verpasste, ohne es zu wollen. Der biss sich erschrocken auf die Lippe und begann zu bluten.

»Shit!«, rief Wolfgang – wenigstens darin waren sich die beiden einig – und verlor für einen Moment die Kontrolle über das Lenkrad. Vor ihnen war die Straße frei. Wenigstens das! Aber –
Wenn er jetzt in die Eisen steigt, sind wir tot!, schoss es Jan durch den Kopf, während der Audi über beide Spuren zu schlingern begann. Er bedauerte seinen Reflex, dem Fahrer eine verpasst zu haben. Nicht jedoch, dass Wolfgang, *seine Freunde nennen ihn Wolf,* aus der Lippe blutete, dieser ekelhafte Sack!

Wolfgang gab alles, das Lenkrad wieder unter Kontrolle zu bekommen. Er wusste, dass der Wagen sich nicht drehen oder kippen durfte, denn sonst würde eine ganze Armada aus Sattelschleppern und anderen Fahrzeugen hinter ihnen den Audi in ein Gemisch aus Blech und Blut verwandeln, weil die anderen nicht schnell genug bremsen konnten. Wolfgang durfte die Herrschaft über den Wagen nicht verlieren! Aber genau das war sein Problem, während der Audi zu tanzen begann. Schon immer sein Problem gewesen. Die verdammte Beherrschung nicht zu verlieren!

Die Systeme des Audi hatten ein ähnliches Problem, sie konnten mit den Informationen der aktuellen Situation nichts anfangen. Für ein Tänzchen im oberen Drittel der Belastungsgrenze war dieses Fahrzeug weder konstruiert noch programmiert. Hinzu kam: Der Pilot latschte gleichzeitig mit beiden Füßen auf Gas und Bremse! Innerhalb weniger Sekunden überlasteten unzählige Signale von Rädern, Stoßdämpfern und Lenkung den Rechner im Motorraum. Eine ganze Batterie bunter Lämpchen leuchtete im Armaturenbrett auf, während der Pilot aufheulte und das Lenkrad losließ. Es ging ihm nicht mehr um ein Schäferstündchen. Es ging nur noch um das nackte Überleben!

Houston? Wir haben ein Problem!, dachte Jan, während ihm Kugelschreiber, Eiskratzer, Kondome und bunte Bilder nackter Jungs um die Ohren flogen, als wäre der Audi schwerelos. Jemand hatte ihm mal erzählt, dass in den neuen Autos mehr Kabel, Chips und Rechenleistung verbaut waren als in der ersten bemannten Raumkapsel. Doch das war kein Trost, als sich der Audi um hundertachtzig Grad drehte. Durch die Frontscheibe des bemannten Flugkörpers der Marke Audi konnte Jan nach hinten sehen, als hätte er beim Flugsimulator die Ansicht gewechselt: Jan erkannte, wie ein bremsender Golf mit rauchenden Reifen von der Zugmaschine eines Sattelschleppers in ein Feld geschossen wurde. – Jan stemmte sich mit beiden Fäusten an den Dachhimmel. War das oben? Oder unten?

Houston? Wir haben ein ECHTES Problem ...

Der Audi vollführte eine weitere Drehung in der Luft und rammte mit der Schnauze auf die Straße. Durch die Wucht des Aufpralls wurde das linke Vorderrad abgerissen und hüpfte von der »main unit«, wie der Hauptrechner das Fahrzeug intern nannte, ohne weitere Meldungen in den Straßengraben. Überhaupt gab es vom Rechner seit einigen Sekunden keine Meldungen mehr – system shutdown! Jan wurde in den Gurt gerissen und hörte etwas in seiner Schulter knacken.

Der Verkehr kam hinter dem Wrack zum Erliegen. Insgesamt waren auf diesem Teilstück der Autobahn acht Fahrzeuge in den Unfall verwickelt, während Jan von Luftsäcken aus allen Himmelsrichtungen eingehüllt wurde. Irgendetwas im Audi machte ständig »bing«. Rauch hüllte ihn ein, als er ohnmächtig wurde. *Houston? Können Sie mich hören? Houston ...?*

VERWUNDET, NICHT GESCHLAGEN!

Aus dem warnenden »Bing« war ein regelmäßiges Piepen geworden. Außerdem lag Jan bequemer als im Audi, fiel ihm auf, noch bevor er die Augen öffnete. *Zugedeckt. Jemand hat mich zugedeckt!* Jan fühlte Kissen und Laken, schlug die Augen auf und blinzelte in ein Krankenzimmer. Im Nachbarbett schnarchte ein alter Mann, der mit vielen Kabeln an das piepende Gerät angeschlossen war, über das sich gerade eine Schwester beugte. Jan versuchte sich aufzurichten und schnaufte erschrocken auf. In seiner linken Schulter kratzte etwas schmerzhaft.

Die Schwester drehte sich um und rollte mit ihren riesigen Augen. »Niet doen! Blijv ligge!«

»Wo bin ich?«

Die Schwester, eine riesenhafte schwarze Frau in blendend weißem Kittel, wedelte mit den Armen und rollte mit den Augen. Es sollte bedrohlich wirken und weiteres Unheil abwenden, da Jan bereits die Füße über die Bettkante geschwungen hatte und seine Schulter befingerte. Sie eilte zu Jan, der die Afrikanerin auf Anhieb mochte.

»Du bist in het ziekenhuis van Breda, jongetje. Leg dich wieder hin.«

Die Schwester hob seine Beine an und schob sie

unter die Bettdecke zurück. Als Jan sich in die Kissen fallen ließ, knirschte es erneut in seiner Schulter und er zuckte vor Schmerz zusammen.

»Du has ... hoe seggt jij ... sleutelbeen gebroken.«

»Sleutelbeen?«

Die Schwester überlegte, dann schob sie ihren Kittel am Hals auseinander und fuhr mit einem feuerrot lackierten Fingernagel über tiefschwarze Haut unterhalb ihres Halses von der Mitte bis zur linken Schulter.

»Deze Knochen is bei dir gebroken.«

»Mist«, stöhnte Jan. Und konnte sich das Knirschen erklären. Die beiden Enden des frischen Bruchs rieben aneinander, wenn er sich bewegte.

»Sleutelbeen heißt Schlüsselbein ...«

»Exakt!«, freute sich die Schwester und deckte Jan wieder sorgfältig zu.

»Was ist mit dem Fahrer?«

Nun runzelte die Schwester fragend die Stirn und verstand kein Wort. Jan versuchte es erneut: »Wolfgang. Der Mann im Audi ... Der Unfall. Der Fahrer von dem Wagen. Ist der auch hier?«

Die Schwester verstand und sah Jan traurig an. »Bent u verwandt mit deze?«

»Ich bin ein Tramper. Was ist mit Wolfgang?« »Oh, Tramper.« Die Schwester machte eine erneute Bewegung an ihrem Hals. Mit der Handfläche von links nach rechts. Wie ein Schnitt an der Gurgel. Dabei schüttelte sie den Kopf.

Jan stockte der Atem. »Er ist tot?«

Die Schwester nickte. Die schlechte Nachricht klang in beiden Sprachen ähnlich: »Dood, leider«, sagte sie und rollte bedauernd mit den Augen.

Jan schloss seine. Nicht, dass er den fiesen Wolf

gemocht hatte, aber das hatte er nicht gewollt! Eine Träne quoll aus Jans geschlossenen Lidern.

»Bleib ganz ruhig liegen«, sagte die Schwester.

Ja. Ausruhen wäre 'ne tolle Sache, dachte Jan mit geschlossenen Augen. *Geht aber nicht. Ich habe noch was vor. Mona wartet auf mich. Am Strand. Da muss ich hin.*

Als Jan die Augen endlich wieder öffnete, hatte die Schwester das Zimmer verlassen. Jan richtete sich vorsichtig auf, schwang die Beine aus dem Bett und versuchte mit der verwundeten Schulter keine Bewegung zu machen. Das war gar nicht so einfach.

Mit zusammengebissenen Zähnen schlich Jan zu der Schrankwand neben der Tür. Im Spiegel erkannte er das Krankenhaushemdchen, eine verpflasterte Stirnwunde unterhalb seiner strubbeligen Haare. Und tiefe Ränder unter den Augen. Im Schrank fand Jan sein Zeug.

Der Versuch, das Hemdchen über den Kopf zu streifen, trieb ihm Tränen in die Augen. Die beiden Knochenenden des Bruchs hatten es nicht gern, wenn er sich bewegte. Um es einfacher zu machen, verzichtete Jan auf Socken und Unterhose. Er stieg vorsichtig in die Jeans und schlüpfte in seine Turnschuhe. Um den nackten Oberkörper schlang sich eine enge Wurst aus Verbandszeug, um seine Schulter ruhig zu stellen. *Ich kann hier nicht halb nackt rausmarschieren. Aber wie soll ich in das verdammte T-Shirt kommen?*

Das gebrochene Schlüsselbein trieb ihm bei jeder Bewegung des Oberkörpers Tränen in die Augen. Er warf das T-Shirt in den Schrank zurück.

Im Spind des alten Mannes hatte Jan Glück und

fand ein gestreiftes Hemd, das zwar zu groß war, sich aber knöpfen ließ und nicht über den Kopf gezogen werden musste. Er stopfte das Hemd, so gut es mit der rechten Hand ging, in seine Hose.

Auf dem Weg vom Krankenzimmer bis zum Ausgang sollte niemand auf die Idee kommen, dass ein Patient flüchtete. Also: Pflaster ab! Jan spuckte in die Hand und ordnete seine Haare vor dem Spiegel über die Schürfwunde auf der Stirn.

So könnte es gehen. Aber etwas fehlt!

Jan hatte ein schlechtes Gewissen, das Hemd seines Zimmergenossen zu stehlen. Doch für den Auftritt im Flur brauchte er noch etwas von ihm, das Jan wie einen Besucher aussehen lassen würde ...

Der alte Mann schnarchte selig zu den Pieptönen aus dem Gerät neben seinem Bett. Jemand würde ihm ein neues Hemd bringen. Einer von den Verwandten, die ihm Blumen gebracht hatten, vielleicht. Vier Vasen mit bunten Sträußen standen auf seinem Nachttisch. Einen davon konnte der Mann sicher entbehren. Jan entschied sich für den Strauß aus Sonnenblumen und nahm ihn leise und vorsichtig aus der Vase, um den Mann nicht zu wecken. Er bereitete sich auf seine Rolle als Besucher vor. Der auf dem Weg über den Flur zum Ausgang kein Aufsehen erregt, wenn er sich suchend umsieht.

Jan biss die Zähne zusammen, nickte dem schlafenden Mann kurz zu und atmete tief durch. Jan stellte sich vor, er befände sich im Theater, kurz vor dem entscheidenden Auftritt. Dann spähte er in den Flur – niemand zu sehen, bis auf eine alte Dame am Ende des Gangs – und zog die Tür hinter sich zu.

Er wusste, der Gang durch den Flur seiner Station

war gefährlich. Wenn er der Schwester oder einem behandelnden Arzt über den Weg lief und sie ihn als Patient aus Zimmer 204 erkannten, war er dran. Nicht nur, weil er sich das Schlüsselbein gebrochen hatte und ins Bett gehörte. Sondern weil er später sicherlich als Zeuge eines Autounfalls gebraucht wurde, bei dem der Fahrer den Tod gefunden hatte. Aber noch kannte niemand seine Identität. Nicht einmal die Schwester hatte Jan mit Namen angesprochen, denn er hatte keine Papiere dabei, woher sollte das Krankenhaus also wissen, wer er war?

Das Einzige, was Jan außer seiner Schulter schmerzte, war, dass er sein Handy nirgends hatte finden können. Weder in seiner Hose noch im Spind oder in den Schubladen neben dem Krankenbett. Jan hatte überall gesucht. Also war das Telefon entweder beim Unfall verloren gegangen, von der Polizei sichergestellt worden oder lag hier irgendwo im Krankenhaus in einem Schrank. Beweisstück eins: ein Mobiltelefon!

Ich habe nicht mehr viel Zeit, Mona zu finden, bevor sie herausfinden, wer ich bin ... Bevor sie mich finden.

Jan hielt sich den gestohlenen Blumenstrauß vor sein Gesicht, als er den Tresen der Station passierte. Dahinter war eine andere, viel kleinere Schwester zu erkennen, die sich über Papiere beugte und keine Notiz von Jan zu nehmen schien. Er schlenderte betont lässig bis zum Ende des Flurs und folgte dem Schild zum Treppenhaus. Eine alte Dame mit Gehhilfe nickte Jan im Gang anerkennend zu, als er an ihr vorbei ging, wohl wegen des opulenten Blumenstraußes.

Eine Stimme hinter seinem Rücken ließ Jan erstarren: »Kan ik u helpen?«

Eine Schwester stand plötzlich vor ihm und lächelte hilfsbereit.

»Ähh ... Falscher Stock«, murmelte Jan durch die Blumen und machte, dass er ins Treppenhaus kam. Er schwitzte und zitterte vor Anspannung. Doch da niemand schrie und ihm niemand folgte, betrachtete Jan seinen ersten Auftritt als gelungen – Rolle: Junger Deutscher als Besucher in einem niederländischen Krankenhaus – Vorhang runter, Tür zu, raus hier!

Der Weg bis zum Haupteingang war kein Problem. Jan marschierte auf quietschenden Turnschuhsohlen durch die Tür. Er fummelte in der Hosentasche herum. Zum Glück war sein Geld noch da. Auf dem Vorplatz hielt ein Taxi, aus dem eine Frau ausstieg und Jan sogar die Tür aufhielt, als sie erkannte, dass er diesen Wagen übernehmen wollte. Jan lächelte der Frau zu und rief durch die offene Tür: »Können Sie mich zum Bahnhof fahren?«

»Deutsch?«, fragte der Fahrer.

»Ja«, nickte Jan.

»Station is stets goed. Koom binnen.«

»Vielen Dank«, sagte Jan. Auch zu der jungen Frau gewandt, die ihm immer noch die Tür aufhielt. Sie hatte eine Plastiktüte mit Äpfeln und Bananen in der Hand. Jan drückte ihr den Blumenstrauß in die andere, freie Hand und sagte: »Für Sie.«

Die Frau stutzte und betrachtete verwundert die kleine Karte mit Teddybär, die von einer der Sonnenblumen baumelte. Offensichtlich kannte sie beides. Blumen und Karte.

»Maar ... deze bloemen sijn van mij! Voor mijn vader!!«

»Zimmer zweihundertvier?«
»Gestern habe ich ihm deze Blumen gebracht!« Jan lächelte. »Er freut sich bestimmt noch einmal darüber.«
Doch die Frau war noch nicht zufrieden. Sie deutete auf Jans Brust. »Das ist sein Hemd! Du hast auch sein Hemd?«
»Er bekommt es zurück, versprochen! Grüßen Sie ihn von mir.«
Jan zog die Tür des Taxis hastig hinter sich zu.
Noch bevor die Tochter des alten Mannes wusste, wie ihr geschah, war das Taxi in den fließenden Verkehr eingeschert. Auf dem Weg zum Bahnhof.
Jan sah durch die Heckscheibe, wie die Frau dem Wagen nachblickte, und überlegte, was nun zu tun war. Er hatte ein schlechtes Gewissen.
»Ich kann das alles erklären«, sagte Jan zu seinem Fahrer.
»Zeker kannst du«, sagte der Fahrer ungerührt in einer Mischung aus Niederländisch und Deutsch und fuhr an den Straßenrand. Er hatte einen Walrossschnäuzer und sah Jan über seine Brille hinweg an. »Maar ... Kannst du die Tour zur Station betaalen?«
Jan zeigte dem Fahrer alles, was er hatte. Der Schnäuzer hob sich beim Anblick von Euroscheinen grinsend.
»Alles klaar«, sagte der Fahrer, gab Gas, schnitt einen Lieferwagen und überfuhr eine rote Ampel.
Kriminelle unter sich, dachte Jan und zuckte vor Schmerz zusammen, als er mit einem Ruck in die Polster gedrückt wurde. *Weiter geht die wilde Fahrt!*

DER WEG ZU MONA

Als er mit zitternden Knien vor dem Ticketschalter stand, nahm Jan sich für die Zukunft zwei Dinge vor: Erstens: Nie wieder trampen!
Zweitens: Nie wieder Taxi fahren!
An nur einem Tag hatte er beides zum ersten Mal ausprobiert und die Schnauze gestrichen voll. Ein Riesenunfall und ein Höllenritt durch die beschauliche Stadt Breda waren mehr als genug! Wolf und das Walross. ZWEI Wahnsinnige an EINEM Tag!

Das Problem mit der Alternative war nur, dass öffentliche Verkehrsmittel Geld kosteten. Wovon Jan nicht mehr viel übrig hatte.
Der teuflische Ritt mit dem Walross hatte die Hälfte seiner Barschaft aufgefressen.
»Geen Trinkgeld?«, hatte der Taxifahrer mit hängenden Bartspitzen gefragt, als er Jan auf dem Vorplatz der Centraal Station Breda das Wechselgeld in kleinen Münzen ausgehändigt hatte, extra langsam. Aber Jan war hart geblieben und das Taxi mit rauchenden Reifen verschwunden.
Nun stand Jan am Schalter und sah auf eine kleine Karte mit Zugverbindungen, die eine hilfsbereite Bahnmitarbeiterin vor ihm ausgebreitet hatte: Der einzige Ort mit Bahnhof in der Nähe von Oostkapelle hieß Middelburg. In Roosendaal musste er in einen Regionalzug nach Middelburg umsteigen, und genau dafür reichte Jans Geld nicht mehr. Jan seufzte und bezahlte das Ticket bis Roosendaal.

Im Zug von Breda nach Rosendaal starrte Jan aus dem Fenster. Er hatte endlich eine Position im Sitz gefunden, in der seine Schulter nicht mehr schmerzte. Die ganze Reise, der Unfall und das Krankenhaus schossen mit den Feldern, Bauernhöfen und Wiesen wie Bilder aus einem Film an Jan vorbei, den er vor langer Zeit gesehen hatte. Seine Stadt, seine Eltern und die Schule waren nicht mehr wahr. Viel zu weit weg für einen klaren Gedanken.

Jan behielt nur ein Bild, während er sich auf dem Bahnhof in Roosendaal nach seiner Umsteigemöglichkeit umsah. Nur ein einziges Bild:

Nina. Auf dem Bauch mit verschränkten Füßen in der Luft in seinem Zimmer. Wie sie versuchte aus tausend kleinen Teilen zwei Pferde auf einer Koppel zu puzzeln. Wie sie aufsah und lachte. *Ich liebe dich!*

Im Regionalzug von Roosendaal nach Middelburg grinste Jan, der nun als Schwarzfahrer unterwegs war, über die Stationsnamen. Während er hoffte, dass niemand zusteigen würde, um seinen Fahrschein zu kontrollieren: Bergen op Zoom, Rilland-Bath, Krabbendijke *(das soll wohl Krabbendeich heißen!)*, Kruinigen, Yerseke, Kapelle-Biezelinge *(klingt wie einer der Doppelnamen unserer Lehrerinnen, hehe …).*

An der nächsten Station, in Goes, stieg ein Schaffner seinem Wagen zu und Jan flüchtete. Nach hinten hatte er noch zwei Wagen vor sich, die der Schaffner vorher kontrollieren musste. Bevor er den Jungen im Opahemd ohne Ticket ganz am Ende finden konnte.

Goes – Arnemuiden – Middelburg.
Nur noch zwei Stationen! Das ist zu schaffen!

Jan wartete am Ende des Zugs und starrte auf die Schienen, die der letzte Wagen hinter sich ließ, während die Sonne ganz vorn über seinem Zielort unterging. Etwas wurde für Jan viel erschreckender als seine Angst, als Schwarzfahrer entdeckt zu werden: Jan konnte Monas Gesicht nicht mehr sehen! Sosehr er sich auch konzentrierte, zu erinnern versuchte und sich Mühe gab. *So kurz vor dem Ziel* hatte er Monas Augen, ihre Haare, sogar die Nase verloren. Diesen wunderbaren Mund konnte man doch nicht vergessen!
Ihre Stimme. Nichts! Ihr Lachen. Nur Stille!
Der Schaffner öffnete die Tür zum letzten Wagen und begann die Fahrscheine der Reisenden zu kontrollieren. Ein Anzugträger, eine Mutter mit zwei Kindern. Eins davon hatte Zöpfe, das andere Mädchen streckte dem Schaffner die Zunge heraus. Der Schaffner lächelte, sprach ein paar Worte mit der Mutter, die ihre Tochter mit einer entschuldigenden Geste zur Seite nahm und leise mit ihr schimpfte.
Der Zug wurde langsamer. Jan starrte auf die Schienen und machte einen letzten Versuch, sich an Mona zu erinnern. Die Bohlen im Gleisbett änderten ihren Rhythmus. Sie flogen nicht mehr an Jan vorüber. Alles wurde langsamer. Der Schaffner kam immer näher. Nur noch eine Frau mit Einkaufstaschen zwischen ihm und Jan.
Wie sie gerochen hat. Du weißt aber doch noch, wie Mona gerochen hat, oder?
Jetzt stand der Schaffner vor ihm.
»Nein ...«, schnaufte Jan leise.
Der Schaffner breitete mit einer bedauernden Geste die Arme aus, um den Schwarzfahrer aufzuhalten. Jan

passte den Moment ab, als sich die Türen öffneten, und sprintete am Schaffner vorbei durch die Fahrgäste, die in den Zug drängten.

Middelburg, erkannte Jan auf einem Schild, während sich seine Augen mit Tränen füllten. Während der Zug sich Richtung Vlissingen-Souburg *(Sauburg, haha!)* und Endstation Vlissingen entfernte.

Nein, dachte Jan. *Ich habe keine Ahnung, wie Mona gerochen hat! Ich sehe sie nicht mehr. Und ich RIECHE Mona nicht mehr ...!*

MONA ...

... blinzelte. So stoned war sie noch nie gewesen! Aus dem Dachfenster konnte sie schnell ziehende Wolken erkennen. Für eine Sekunde meinte sie sogar, Möwen gesehen zu haben. Es war nur eine Möwe, doch Mona sah alles doppelt: zwei Dachfenster, zwei Möwen

»I'm like a bird«, sang Nelly Furtado in Monas Kopf.

Sie hatte den Song als Klingelton auf ihrem Handy gespeichert. Doch das Handy war weit weg und Mona gerade alles andere als ein Vogel. Sie lag wie ein toter Käfer auf dem Rücken, auf dem Bett im Dachzimmer, und versuchte die beiden Bilder ihrer Augen übereinander zu bekommen. Keine Chance! Sie fühlte sich wie ... damals:

Ralf hatte Mona an einer Tüte ziehen lassen. Kurz darauf war sie kichernd auf dem Boden herumgekrochen und hatte die Flusen vom Teppich gegessen. Bis sein Bruder – wie hieß der noch? – Tobias sie daran gehindert hatte, auch noch die Blätter des Ficus zu essen, der im Wohnzimmer am Fenster stand. »Ficus«, wusste Mona von Jan, hieß auch »Birkenfeige«.

»Keine verdammten Feigen hier!?«, hatte Mona gekichert und auf einem Blatt gekaut, während Tobias ihr die Hose ausziehen wollte. Ralf hatte verhindert, dass sein Bruder mehr in die Hand bekam als ihren Slip. Mona hatte den Teppich voll gekotzt, soweit sie sich erinnern konnte.

Das hier war schlimmer. Mona konnte sich kaum bewegen, kannte diese Räume von früher, als Kind. Das Haus gehörte ihrem Vater. Sie waren zusammen am Strand gewesen. Bevor er gestorben war. Bevor Mona alle bedauernd über den Kopf streichelten. Weil Christoph gestorben war. Armes Mädchen.

Von wegen »armes Mädchen«!

Doch nun war ER aufgetaucht und hatte Mona gefunden. Weil sie von Amsterdam aus nicht wusste, wohin sie sonst hätte flüchten sollen! Die Villa in der Mozartstraße war schon lange kein Zuhause mehr. Das hier war ein Zuhause gewesen. Bis ER auftauchte und wieder alles kaputt machte ...

Mona sah alle Farben des Regenbogens und noch mehr. Sie hatte Angst, konnte sich nicht rühren. Ihr war schlecht. Durst! Für ein Glas Wasser hätte sie gemordet. Aber sie konnte ja nicht aufstehen und leider war niemand da, der ihr helfen oder ihr leises Stöhnen hören konnte.

»Jan«, murmelte Mona. »Wo bist du, Jannick?« Dann wurde sie ohnmächtig.

9

LADY MACBETH:
>   Doch fürcht ich dein Gemüt;
>   Es ist zu voll von Milch der Menschenliebe,
>   Den nächsten Weg zu gehn. Groß möchtest du sein,
>   Bist ohne Ehrgeiz nicht; doch fehlt die Bosheit,
>   Die ihn begleiten muss.
>
>   *»Macbeth« – 1. Akt, 5. Szene*

Jan hatte keine Augen für die malerische Stadt Middelburg mit ihren kleinen Häuschen, die sich eng aneinander lehnten. Für die netten Leute, die bunten Geschäfte in der Fußgängerzone oder Straßencafés, in denen Touristen und Einheimische in der Abendsonne saßen.

Er hatte nur noch zwei Euro neunzig und spürte, dass ihm die Zeit davonlief. Jan hatte keine Ahnung, wie er von hier nach Oostkapelle kommen sollte oder wo sich dieser Ort überhaupt befand. Wo Mona war! Er brauchte einen Überblick. Und den gab es nicht umsonst.

»Hi. I'm looking for a cybercafé«, sprach er zwei Jungs vor einer Pommesbude an, die gelangweilt von ihren Motorrollern aus in die Sonne blinzelten. Die beiden sahen sich an.

»Heeft de *Boomjaart* Internet?«, fragte der mit den blauen Haaren.

»Nee. Heij moet naar de *Cybermug* gaan«, sagte der mit dem Zopf.

Der Blauhaarige nickte Jan zu: »*Cybermug* is goed!«

»Cybermug. Alles klar, wo?«, gestikulierte Jan ungeduldig.

Der Blaue deutete gelangweilt in die Fußgängerzone. »Achter het raadhuis. Op de linke kant.«

»The street behind the big building. Left side«, übersetzte der Typ mit dem Zopf.

»Dank«, sagte Jan. Das hörte sich irgendwie holländisch an, fand er.

»Duits?«, fragte der Zopf und grinste.

Jan nickte.

Die Jungs grinsten sich an. »Bayyyern München!«, grölten der Blaue und der Zopf im Chor, wie aus der Pistole geschossen. Und lachten.

Jan machte, dass er in die Fußgängerzone kam.

Das Rathaus am Marktplatz war ein wunderschöner Bau, doch Jan bemerkte es nicht. Er rannte in die Gasse hinter dem Rathaus und blieb erst stehen, als er auf der linken Seite das *Cybermug* entdeckte.

Im Logo auf der Fensterscheibe saß eine riesige Mücke vor einem Computer. Ihr Stachel steckte im Bildschirm. Die Vorderbeinchen lagen auf Tastatur und Maus. Die Cybermücke saugte aus dem Bildschirm, was das Zeug hielt. In ihrem Hintern wirbelten Begriffe wie JPG, MP3, Mac OS und Windows XP. Auf der Scheibe neben der Tür ein kopierter Zettel, den Jan sich übersetzte: Zwei Euro fünfzig für fünfzehn Minuten. Großartig!

Jan betrat das kleine Café. Außer ihm saß nur eine ältere Dame mit Dutt an einem der vier Rechner. Jan nickte ihr zu und sah sich nach dem Inhaber um, doch es war niemand zu sehen. Die Frau nickte und deutete auf den Platz neben sich.

»Kom maar!«

»Danke sehr«, sagte Jan und setzte sich. Er rief google maps auf und gab die Route von Middelburg nach Oostkapelle ein. Gleichzeitig fragte er in einem zweiten Browserfenster seine E-Mails ab. Zeit war knapp. Mehr als eine Viertelstunde konnte Jan sich nicht leisten. Während sich die Routenbeschreibung aufbaute, stöhnte Jan leise auf. Er hatte fast hundert Mails auf dem Server! Dank Dieter, der seinen Rechner vorgestern konfisziert und im Schlafzimmerschrank versteckt hatte. Das meiste davon ear wie immer bloß Scheiß und Werbung. Eine Mail war von Erik mit der Betreffzeile: WO IST MEIN RAD, DU SACK???

»Kannst du mir helfen?«, fragte die Dame mit einem schön klingenden Akzent und lächelte Jan freundlich zu.

»Ähh ... gern«, sagte Jan und schielte mit einem Auge hektisch auf die Karte auf seinem Monitor.

»Hier ... meine Sohn lebt in Neuseeland«, sagte die Dame. »Wir schreiben uns über Computer. Jede Woche, und jetzt ... Er hat eine Homepage mit Bildern von meine Enkel, die ich nicht finden kann!«

»Wie heißt Ihr Sohn?«, fragte Jan.

»Bert Willebroord«, sagte die Frau.

»Darf ich?«, fragte Jan und rückte seinen Stuhl zum Computer der Frau. Sie buchstabierte den Namen, während Jan ihn in die Suchmaschine eingab. Seine Augen flogen über die Liste. Der sechste Eintrag von oben, ein Klick, und die Dame sah gerührt zu, wie sich Bilder vom Enkel auf der Homepage von Bert aufbauten. Der Zwerg lutschte grinsend an einem Stofftier, die alte Frau schluckte und klickte weitere Bilder an.

»Dank u wel!«

Ach, SO heißt das ... Jan grinste, rückte den Stuhl an seinen Rechner zurück und überflog weiter die Betreffs seiner Mails. Das meiste Schrott. Dann fand er eine Mail von Mona, mit dem Betreff »Witte Bloesem« und zuckte zusammen. Mona hatte ihm geschrieben! Aber was hieß »Witte ...«

»Iets te drinken?« Eine Hand legte sich auf Jans Schulter. Der Besitzer war bis zum Hals tätowiert und sah nicht besonders freundlich aus.

»Nee, danküwell«, sagte Jan und sah wieder auf den Monitor. MONA! Die Hand blieb auf Jans Schulter.

»Das ist ein Cafe hier. Du trinkst – oder du gehst!«

Jan fummelte Euromünzen aus seiner Hose und legte zwei Euro neunzig in die Pranke des Besitzers. Alles, was er hatte. Mit der Viertelstunde im Netz reichte das für kein Getränk der Welt mehr.

»Nur die Viertelstunde, bitte!«

Die Zeit lief. Jan hatte noch zwei Minuten online und weder Geld noch den Nerv für weitere Diskussionen. Nicht jetzt! Doch die tätowierte Hand blieb auf seiner Schulter.

»Uit!«, sagte der Mann.

»Henk!«, schnarrte die Frau neben Jan entrüstet und redete auf den Tätowierten ein. Die beiden lieferten sich ein Wortgefecht auf Niederländisch. Doch Jan hatte nur eins im Sinn: Er klickte Monas Mail an, viel Text, gesendet kurz bevor Dieter Jans Computer konfisziert und Hausarrest angeordnet hatte. Jan begann hektisch zu lesen:

Jannick, mein Liebster,
ich weiß nicht, wo ich anfangen soll. Soll ich? Haha, klar soll ich ;-)
Ich vermisse dich so, muss aber bald verschwinden, weil ...

Weiter kam er nicht, denn Henk schaltete den Bildschirm aus. Jan sprang auf, ging dem Riesen leider nur bis zur Brust.
»Eine Minute!«, brüllte Jan. »Nur noch EINE VERDAMMTE SCHEISSMINUTE!«
Wilma Willebroord verhinderte das Schlimmste. Sie zerrte den aufgeregten Jungen aus dem *Cybermug*, bevor Jan dem Wirt an die Gurgel gehen oder Henk dem kleinen Deutschen den Hals brechen konnte.
Der dünne Junge vor dem Café erinnerte Wilma an ihren Sohn Bert, früher. Er führte einen wütenden Tanz auf, hatte Schaum in den Mundwinkeln: »Scheiße, verdammte! EINE Minute! Der verfickte Tattootyp! So ein Arsch! Ich wollte doch nur ...«
»Oostkapelle?«, fragte Wilma.
Der Junge hörte augenblicklich mit seinem Tanz auf. Sah Wilma überrascht an.
Wilma wusste, wie sie Jungs beruhigen konnte. Es war wie Fahrrad fahren. Eine Mutter verlernt so etwas nicht. »Willst du hin? Naar Oostkapelle? Ich nehm dich mit.«
»Woher wissen Sie ...?«
»Willst du?«
»Ja«, sagte Jan, »aber woher wissen Sie ...?«

»Dein Bildschirm«, sagte Wilma. »Ich habe die Landkaart gesehen. Also?«

Trampen und Schwarzfahren waren verboten. Einer netten alten Dame durch enge Gassen zu ihrem Auto zu folgen, bestimmt nicht. Außerdem wurde es langsam dunkel.

Wilma wohnte nur einen Ort von Oostkapelle entfernt, in Domburg. Sie fuhr ein altmodisches kleines Auto mit verblasstem Lack in Rot. Früher, vor vielen Jahren, sicher feuerrot.

»Deze gibt es heute nicht mehr«, sagte sie und öffnete für Jan die Beifahrertür.

»Süß«, antwortete Jan.

»Ja«, sagte Wilma, startete den Motor und setzte ein Stück zurück, um aus der Parklücke zu kommen. »Deze DAF kann rückwärts genauso schnell fahren wie vorwärts.« Wilma war sehr stolz auf ihr Auto.

»Cool«, sagte Jan, darum bemüht, beeindruckt zu klingen. Doch für Experimente war er zu müde. Er hoffte, Wilma würde ihn vorwärts nach Oostkapelle fahren.

BLÜTENWEISS

Wilma schoss aus dem malerischen Städtchen Middelburg, während sich die Sonne am Horizont verabschiedete. *Die fährt aber auch einen heißen Reifen,* dachte Jan. Er hoffte, wenigstens den letzten Teil der Reise unbeschadet zu überstehen. Während die alte Dame eine rote Ampel überfuhr, bereute er die Entscheidung bereits, in den DAF eingestiegen zu sein.

»Wenn es dunkel ist, fahre ich niet gern«, sagte Wilma, ging in die Kurve und Jan machte, dass er in seinen Gurt kam. Wilma hatte es eilig. »Im Dunkel seh ich niet so gut.«

»Ach so«, antwortete Jan, »aber es bleibt ja noch ein bisschen hell, nicht wahr?«

Die alte Dame nickte mit zusammengekniffenen Augen und raste über die Landstraße. Der kleine DAF flog an Hecken und Wiesen vorbei. Und hüpfte unter schnell ziehenden Wolken durch Dorfeingänge über »Drempel«, wie Wilma die geschwindigkeitsbegrenzenden Erhöhungen ungerührt nannte, während die Stoßdämpfer des DAF erschrocken ächzten. Ebenso wie Jan, dem jedes Mal ein stechender Schmerz durch die Schulter fuhr.

»Was machst du in Oostkapelle?«, fragte Wilma.

»Eine Freundin besuchen.«

»Aus Deutschland?«

»Ja. Die Familie hat dort ein Haus … Ferienhaus«, stöhnte Jan und ging in Deckung, während die Fahrerin mit Lichthupe auf einen viel größeren Wagen vor sich zusteuerte, ohne zu bremsen.

»Davon gibt es viele«, sagte Wilma. Für einen Moment kam es Jan so vor, als würde Wilma das nicht besonders gefallen. Sie verscheuchte einen Mercedes mit deutschem Kennzeichen vor sich. »Im Sommer viel zu viele!«

Jan erkannte weitere deutsche Kennzeichen auf der Straße, die meistern aus seiner Region. Offenbar alles Touristen mit Kindern im Heck und Fahrrädern auf dem Dach, die hupend und gestikulierend vor Wilma und der roten Rakete in Deckung gingen.

In einem beschaulichen Dorf namens Seeroskerke

blitzte es, obwohl kein Gewitter weit und breit zu sehen war.

»Ach! Blöde Kontrolle«, sagte Wilma wütend.

Jan riskierte einen Blick auf den Tacho. Diese Frau würde nicht mehr lange Auto fahren, wurde ihm klar. Doch Wilma raste ungerührt mit Höchstgeschwindigkeit durch den auf dreißig Stundenkilometer begrenzten Ort. Am Stadtausgang flogen die beiden in der Blechbüchse über einen weiteren Drempel. Der DAF und Jan heulten gleichzeitig auf.

»Wir sind gleich da«, sagte Wilma. »Wie heißt das Haus?«

»Was meinen Sie?« Jan hatte sich am Armaturenbrett festgekrallt.

»Der Name. Wie ist der Name van deze Haus?«

»Äh ... keine Ahnung!«

Es fiel Jan schwer, sich zu konzentrieren, während das Ortsschild von Oostkapelle an ihm vorüberzischte. Er war am Ziel! Und hatte keine Ahnung, was Wilma meinte.

Eigentlich sollte ich erleichtert sein, endlich anzukommen, dachte Jan, *wieso bin ich nicht erleichtert?*

Ganz einfach, Jannick, antwortete Monas Stimme in seinem Kopf. *Weil du nicht die leiseste Ahnung hast, wo ich bin. Wo du mich suchen sollst. Aber ich hab dir doch geschrieben!*

Nun wurde es dunkler und Wilma kurvte hektisch durch enge Straßen mit vielen kleinen Häusern. Darin sah es überall gemütlich aus. In Holland schien es keine Vorhänge zu geben. Jan konnte hinter den beleuchteten Fenstern Familien beim Abendessen und Menschen vor Fernsehern erkennen. Wie in Puppenstuben. Oder Momentaufnahmen. Bis Wilma vor einer riesigen Kirche im Zentrum von Oostkapelle hielt.

»Ich muss weiter«, sagte Wilma ungeduldig, »es wird dunkel!«

»Natürlich«, sagte Jan und stieg aus. »Vielen Dank!«

»Hat die Freundin nichts geschrieben? Oder gesagt? Alle Ferienhäuser haben Namen hier.«

»Nein. Ich weiß es nicht«, sagte Jan und warf die Tür des DAF zu.

Während er vor der Kirche stand, fühlte er sich allein und verloren. Auf der Straße war niemand zu sehen. Selbst das Restaurant an der Ecke war bereits geschlossen. Der DAF war kein Geschoss mehr. Er kroch im Schneckentempo durch die Dunkelheit davon.

Jannick, DENK NACH! Und lass die alte Frau gefälligst nicht im Stich!, hörte er Monas Stimme.

»Warten Sie!«, rief Jan Wilma hinterher, die noch nicht weit gekommen war. Der DAF rollte am Straßenrand auf dem Fahrradweg aus. Jan rannte zum Wagen und öffnete die Fahrertür. Wilma sah mit zusammengekniffenen Augen zu Jan auf. Sie ähnelte einem Maulwurf, den Jan aus seinen Kinderbüchern kannte. Wilma hatte es nicht mehr eilig. Dazu war es nun zu dunkel geworden. Wilma hatte Jan einen Gefallen getan. Nun starrte sie ihn hilflos an.

»Rutschen Sie rüber«, sagte Jan und stieg ein.

»Kannst du denn fahren?«, fragte Wilma.

»Klar. Ich bringe Sie nach Hause«, antwortete Jan, obwohl er noch nie auf einem Fahrersitz gesessen hatte. Er tätschelte das Lenkrad. Mit dieser Kiste konnte jeder fahren. Jan hatte Wilma beobachtet: zwei Pedale. Eins für Gas, eins für die Bremse (die Wilma selten benutzte) und ein Hebel für vorwärts, rückwärts und »P«. *Für »*Pause*«?*, fragte sich Jan. Egal, so schwer konnte das nicht sein.

»Ist wie Autoscooter«, sagte er und stellte den Hebel auf »R«. Der DAF rollte zurück.

»Rückwärts so schnell wie vorwärts«, versuchte er einen Witz, bremste hektisch und stellte den Hebel auf »D«. »Wo müssen wir denn hin?«

»Rechtuit«, sagte Wilma. Sie hatte zuletzt auf dem Beifahrersitz gesessen, als ihr Mann noch lebte. Dieser Fahrer war nur ein Kind! Ganz wohl war ihr nicht.

»Rechts?«, fragte Jan verblüfft. Und deutete in die Einfahrt zu einem Haus.

»Nein. Rechtuit heißt geradeaus«, antwortete Wilma geduldig und schloss die Augen. Es gab nicht mehr viel für sie zu sehen. Sie musste dem Jungen einfach vertrauen.

Jan sah sich sorgfältig um. Dann eierte er mit dem DAF auf die Straße. Kroch über den Drempel am Ortsausgang von Oostkapelle Richtung Domburg. Und hielt einen Golf aus Mönchengladbach auf, der wütend mit der Lichthupe spielte, bis er endlich überholen konnte.

»Witte Bluse«, murmelte Jan konzentriert und hielt den DAF auf Spur. Fahren machte Spaß, obwohl ihm der Schweiß auf der Stirn stand. »Witte Bluse.«

»Was?«, fragte Wilma mit geschlossenen Augen.

»Witte Bluse. Stand in der Betreffzeile von Monas Mail. Hab ich in dem Café gelesen. Heißt das weiße Bluse oder so? Was könnte Mona damit gemeint haben?«

Etwas schabte am DAF entlang. Wilma öffnete die Augen. Jans Fingerknöchel leuchteten fast weiß, so fest hielt er das Lenkrad im Griff. Der DAF hoppelte am Straßenrand entlang Richtung Domburg. Auf Wilmas Seite kratzte eine Hecke über die Beifahrertür. Bis Jan sich endlich traute, die Fahrbahn wieder wie ein Autofahrer zu benutzen. Nicht nur den Randstreifen, wie er es als Fahrradfahrer gewohnt war. Ungeduldige Reisende wurden von dem DAF aufgehalten. Wilma hatte noch nie so einen höflichen und liebenswerten Deutschen wie Jan kennengelernt. Aber Auto fahren konnte der Junge nicht.

»Witte Bloesem«, sagte Wilma und lachte auf.
»Fahr ran ... Da, rechts ist eine Straße. Mit Blinker!«
Jan blinkte, hielt und löste seine verkrampften Hände vom Lenkrad. Seine Schulter schmerzte.
»Das hast du sehr gut gemacht!«, lobte Wilma.
»Aber ... ich bringe Sie gern nach Hause«, protestierte Jan.
»Und wie kommst du dann zur *Weißen Blüte*?«, lächelte Wilma und stieg aus.
Jan drehte den Zündschlüssel. *Nicht schlecht für die erste Fahrstunde*, fand er und stieg ebenfalls aus.
Wilma deutete in die dunkle Straße. »Diese Straße entlang, am Bushäuschen links weiter. Die Villa heißt *Witte Bloesem* und liegt auf der linken Seite. Gehört einem deutschen Geschäftsmann. Mit Kaufhaus, glaube ich.«
»Das muss es sein. Das ist es!«, sagte Jan begeistert.
»Du bist fast am Ziel.«
»Aber ... wie kommen Sie denn nach Hause?«
»Oh, das schaffe ich schon«, antwortete Wilma ausweichend. Um Jans Gefühle als Autofahrer nicht zu verletzen. »Besuch mich mal in Domburg.«
»Wie finde ich Sie?«, wollte Jan wissen.

»Frag nach Wilma. Alle kennen mich. Und nun finde deine Freundin.« Wilma schüttelte Jan die Hand und stieg in den DAF.

Jan winkte ihr nach und ging den Rest zu Fuß. Zum Ziel! Level ZEHN! Fast hätte er gesungen. Vor Glück.

RABENSCHWARZ

Mona war nackt und zitterte am ganzen Körper. Sie war aus dem Bett gefallen, wusste wenigstens wieder, dass sie im Dachgeschoss war. Und leider auch, dass sie sich mit den Fesseln an Hand- und Fußgelenken den Hals brechen würde, wenn sie versuchte über die steile Treppe nach unten zu kommen.

Als Kind war sie auf dieser Treppe schon einmal gestürzt und hatte sich die Lippe an der Türklinke aufgeschlagen. Christoph war damals aus dem Bett gesprungen und hatte seine Tochter zum Arzt gefahren. Um die Wunde nähen zu lassen. Hannelore hatte Christoph verflucht, weil er in der *Witte Bloesem* kein Telefon wollte. Als wenn es fünf Minuten vom Strand entfernt am Arsch der Welt Notärzte geben würde!

Also hatte Mona den Benz vollgeblutet und Christoph auf dem ganzen Weg bis zum Arzt geweint.

Ich habe nicht aufgepasst, Schätzchen. Es tut mir so leid!

Das fiel Mona wieder ein, während sie auf dem kalten Boden lag und schnaufte. Die Wirkung der Medikamente ließ nach. Das war schlimm und tat weh. Aber viel mehr schmerzte Mona, dass sie Christophs Stimme nicht mehr hören konnte. Sie wusste zwar noch, wie ihr Vater gerochen hatte. Die Mischung aus Aftershave und Rauch würde sie nie vergessen. Sein Lächeln würde sie nie vergessen. Aber Mona war über die Jahre ein großes Mädchen geworden. *Ein SCHMUTZIGES Mädchen!* Und irgendwann hatte sie den Klang der Stimme ihres Vaters vergessen. *Daddy war einfach nicht mehr da, um sein kleines Mädchen zu beschützen! Tot und begraben.*

Mona kicherte, verschluckte sich an ihrem Knebel und brach in Tränen aus.

Diese Dröhnung macht mich völlig verrückt!, dachte sie.

»Es tut mir so leid!«, hatte eine neue Stimme, viele Jahre später, ebenfalls geklagt. Mona hatte sich an das Gefühl der Macht erinnert, als sie damals mit blutender Lippe auf dem Weg zum Arzt nur stumm genickt hatte, während ihr Vater vor Sorge geweint hatte. Der alberne Triumph eines kleinen Mädchens. Aber das hier war schlimmer! Die Sache mit der vorgetäuschten Schwangerschaft war Mona zum Verhängnis geworden und hatte alles nur noch schlimmer gemacht. Nur deshalb lag sie hier!

Der Arsch hatte bittere Tränen in ihren Schoß geweint, und Mona hatte diesen Moment genossen. O ja! Es tat ihm sooo furchtbar leid! Er hatte endlich die Finger von Mona gelassen. Sich in die Garage zurückgezogen und an seinem verdammten Porsche herumgespielt, anstatt Mona zu befingern. Bis ihm klar wurde, dass sie nicht schwanger sein DURFTE! Was würde Hannelore dazu sagen? Wem hätte er es in die Schuhe schieben können?

Über die Konsequenzen ihrer Lüge hatte Mona nicht nachgedacht. Sie wollte einfach nur in Frieden gelassen werden. Weil die Wahrheit so furchtbar war, dass niemand davon erfahren sollte – da war Mona die Sache entglitten, musste sie nun auf dem Boden neben dem Bett zugeben. Und spürte ihre Beine nicht mehr.

Der Arsch hatte sie gegen ihren Willen in eine Amsterdamer Praxis für Abtreibungen geschleppt. Doch es gab nichts abzutreiben. Die Lüge war aufgeflogen. Mona war in die *Weiße Blüte* geflohen. In das Haus von früher. Und dort hatte sie gewartet. Worauf eigentlich?

Das wusste Mona nicht mehr. Vergessen. Sie war nackt bis auf ihren Slip und fror, obwohl Sommer war. Mona wollte einfach nur noch – alles vergessen! Einschlafen.

Keine Angst mehr haben. Nicht mehr aufwachen und jeden Tag Angst haben. Ich will nie mehr Angst haben! Ich will nicht mehr aufwachen, nie mehr!

Mona wehrte sich nicht. Das hatte sie lange genug getan. Die Tapete im Dachzimmer war grün, bemerkte sie. Das war ihr als Kind nie aufgefallen. Grün mit weißen Blumen.

Was ist grün?, dachte Mona und wusste nicht weiter. Sie hatte die Pointe von dem Witz vergessen. Einfach vergessen! Hatte er mit Fröschen zu tun?

Die Hoffnung!, hörte sie Jans Stimme im Kopf. Stimmt! Damals. Im Aquazoo.

Die Wirklichkeit ist grau, Jannick. Kein Witz!

Mona war am Ende ihrer Kräfte und schloss die Augen. Ihr Atem ging nur noch flach. Kurz bevor sie einschlief, meinte Mona eine Stimme zu hören. Ganz leise.

HOFFNUNG IST GRÜN

»Mooona!«

10

MACBETH:
Wär's abgetan, so wie's getan, wär's gut,
's wär schnell getan. Wenn nur der Meuchelmord
Aussperren könnt aus seinem Netz die Folgen
Und bloß Gelingen aus der Tiefe zöge ...
»Macbeth« – 1. Akt, 7. Szene

Jan war die Straße bis zu dem beleuchteten Wartehäuschen gegangen. Ein niedliches Ding mit Butzenscheiben mitten auf einer mit rotem Backstein gepflasterten Kreuzung. Wie die Landschaft einer Modelleisenbahn. Sauber, geordnet, irgendwie richtig. *Wie es sein sollte, wenn man ein Hobby hat. Und sonst keine Probleme,* dachte Jan, befingerte seinen Schlüsselbeinbruch und wünschte sich ein Hobby wie diesen Ort. Weit und breit war niemand zu sehen. Irgendwo musste eine Party sein. Jan konnte Musik und Stimmen aus der Ferne hören. Jungs fielen grölend in ein Lied ein. Eine Frau lachte auf. Links ging eine geteerte Straße ab. Genau wie Wilma gesagt hatte. »Zum Strand«, übersetzte Jan einen Wegweiser. Genau wie Mona versprochen hatte.

Die Nacht war warm und roch gut. Jan wanderte die geschwungene dunkle Straße entlang, war fast am

Ziel. Über Felder hinweg konnte er den Umriss eines größeren Gebäudes erkennen. Das musste es sein! Die *Weiße Blüte* wurde von Hecken eingerahmt, dahinter begann ein Wald.

Jan öffnete das eiserne Tor, betrat das Grundstück und wunderte sich. *De Witte Bloesem* war anders als die Häuser der Gegend. Viel größer. Die kunstvoll angelegte Auffahrt bildete einen Kreis vor dem Haus. Andere Steine auf dem Boden als am Wartehäuschen – Granit. Kopfsteinpflaster. Mit einem Kunstwerk in der Mitte. Die verwachsene Hecke rahmte das Ganze ein und erinnerte Jan an Harald, das Männlein. Der Gärtner war offenbar lange nicht mehr hier gewesen. Beim Anblick eines Kopfes aus Metall in der Mitte musste Jan an Venlo und abstrakte Kunst im Kreisverkehr denken. Geschlossene Rollläden, ebenfalls anders. Niemand in der Nachbarschaft hatte Vorhänge oder Rollläden. Jeder konnte sehen, was die Leute im Haus taten. Essen, lesen, spielen, um einen Tisch sitzen, reden oder fernsehen.

Doch die Villa *Weiße Blüte* machte ein Geheimnis daraus, was innen vorging. Verschlossen wie eine Muschel. Das Haus sah aus, als wäre es seit Jahren verlassen. Kalt, dunkel und dicht. Jan klingelte trotzdem an der Tür. Nichts. Jan klingelte erneut, horchte – nichts. Er trat ein paar Schritte zurück, legte die Hände an seine Lippen und schrie durch den Trichter zum Haus hinauf: »Mooona!«

Nichts. Die Party schallte über das Land. Sonst war absolut nichts zu hören. Jan setzte sich auf die Stufen der Villa und rieb sich die Augen.

Diese verdammten Kontaktlinsen!

»I'm like a bird …« Das Lachen in der Partylandschaft mischte sich mit einer Stimme, die Jan zu kennen glaubte. »Wherever I find it ...«, sang Monas Stimme weiter.

Jan sprang auf und orientierte sich. Kein Zweifel. Das kam aus dem verrammelten Haus. Jan nahm Anlauf ...

MONA UND JAN

»Wherever I find it!« Mona hatte den Knebel loswerden können und sang aus vollem Hals trotz ihrer ausgetrockneten Kehle in die Balken des Dachgeschosses. Er war da – JAN war da! *I'M LIKE A BIRD* ...

... und rammte mit der gesunden Schulter gegen die Tür. Er hatte Glück, ohne es zu wissen. Dieses Haus war tatsächlich anders als die Häuser der Einheimischen. Kein solider Backstein und keine Zargen und Türen aus massivem Eichenholz. Christoph hatte sich damals gegen Hannelores Wunsch, die ein altes Haus romantischer fand, für einen Neubau in Fertigbauweise entschieden. Mit elektrischen Rollläden, aber ohne Telefonanschluss. Die Einheimischen hassten diese Fertigkiste. Sie gehörte dem Stil nach eher in die Toskana, niet aan de Noordzeekust! Nicht nach Walcheren! Hätte Jan sich gegen eine Tür der Einheimischen geworfen, wäre sein zweites Schlüsselbein wahrscheinlich auch noch gebrochen. Doch die Haustür der *Witte Bloesem* war aus Pressspan statt Eiche und gab einfach nach. Jan strauchelte in den dunklen Hausflur. Monas Stimme kam von oben. Aus dem Singen war ein trockenes Husten geworden.

»Ich komme!«, rief Jan und stürmte die Treppe hinauf in den ersten Stock. Seine Augen juckten nicht mehr. Den Schmerz in seiner Schulter bemerkte er überhaupt nicht. Wenn es nötig gewesen wäre, hätte er jede einzelne Tür im Haus aufgebrochen! Das Herz klopfte ihm bis zum Hals.

»Wo bist du?«

»Hier«, rief Mona und begann zu schluchzen. Ihre Erleichterung mischte sich auf einmal mit Scham. Dass Jan sie so sehen würde, dass er alles erfahren würde. Dass ...

Jan stürmte ins Schlafzimmer und wäre fast über Mona gestolpert, die hinter der Tür in der Dunkelheit zusammengekrümmt auf dem Boden lag. Sie war bis auf einen Slip nackt und zitterte. Jan wollte sie aufrichten, dann erst erkannte er, dass sie mit einem Verlängerungskabel an Händen und Füßen gefesselt war.

»Mona, was ist passiert? WER war das?« Er bekam keine Antwort, kniete sich zu Mona auf den Boden und begann damit, das Kabel an ihren Händen aufzuknoten. »Du bist eiskalt«, sagte er erschrocken.

Mona sagte nichts und sah Jan nicht an. Sie sah zu Boden, ihr Haar lag strähnig über dem Gesicht.

Jan hatte Monas Hände endlich befreit und stand auf.

»Warte, ich mache Licht!«

»Nein, nicht!«, sagte Mona und zog eine Decke vom Bett, in die sie sich einhüllte. Dann sah sie zu Jan auf, der kaum mehr als eine Silhouette im Türrahmen war.

»Ich habe Durst«, sagte sie.

Jan stürmte aus dem Zimmer und öffnete eine Tür im Flur. Noch ein Schlafzimmer. Hinter der nächsten

Tür fand er ein kleines Bad. Alles ging mechanisch. Jan füllte einen Zahnputzbecher am Waschbecken mit Wasser. Draußen waren Motorengeräusche zu hören. *Die Party ist zu Ende*, dachte Jan. Irgendwie passte Jans Gedanke zur Situation, fand er. Mit Mona war etwas passiert, das seinen Horizont bei weitem überstieg. *Sie liegt allein, nackt und gefesselt im Ferienhaus ihrer Eltern, verdammt!* Aber zuerst das Wasser. Jan eilte zu Mona zurück und reichte ihr den Becher. Mit Tränen in den Augen betrachtete er die Striemen der Fesseln an ihren Handgelenken, während Mona in großen Schlucken trank.

»Wir müssen die Bullen rufen! Wo ist das Telefon?« Jan verstand nicht, warum sich Monas Augen vor Schreck weiteten. »Hörst du? Wo ist das Telefon?«

Mona hatte ein Déjà-vu-Gefühl. So als hätte sie dieses Bild schon einmal gesehen. Sie konnte nicht antworten, war vor Schreck gelähmt. Eine Silhouette im Türrahmen hielt etwas in der Hand. Doch Jan kniete bereits wieder vor ihr! Den Becher hielt sie in der Hand! Das war kein Déjà-vu!

»Mona! Sag doch was!«, flehte Jan. Sie starrte mit aufgerissenen Augen über ihn hinweg.

»Hier gibt es kein Telefon, Jan«, hörte er hinter sich und erstarrte. »Mona hätte dich angerufen, wenn es hier ein Telefon gäbe. Oder, Mona?«

Diese Stimme war leise und viel tiefer als Monas. Jan kannte sie nur zu gut. Die Silhouette hinter Jan holte aus und schlug zu. Mit einem schweren Kerzenständer aus lackiertem Treibholz, der vor wenigen Sekunden noch unten im Flur auf der Kommode gestanden hatte. Jan ging neben Mona bewusstlos zu

Boden. Sie schluchzte erschrocken auf. ER war wieder da! Blut sickerte neben Mona aus Jans Kopfwunde in den Teppich. »Dich kann man nicht für fünf Minuten allein lassen. Sieh dir diese Schweinerei an. Alles deine Schuld«, sagte er mit Bedauern in der Stimme und ließ das Holzstück ein zweites Mal niedersausen. »Aber damit ist jetzt endgültig Schluss!«
Der zweite Schlag traf Mona.

DIE PARTY IST VORBEI!

Er bedauerte tatsächlich, es tun zu müssen. Sie hätten noch viel Spaß zusammen haben können. Es war schon immer eine Frage der Kontrolle. Achim wusste es, hatte sich jedoch schon lange vorher geweigert, sich helfen zu lassen. Bevor er Hannelore und ihre Tochter in der neuen Stadt kennenlernte.

Obwohl man ihm damals angeboten hatte, im Schuldienst bleiben zu dürfen, wenn er einer Therapie zustimmen würde. Natürlich hätte er danach höchstens noch volljährige Jungs in der Oberstufe als Sportlehrer betreuen dürfen. Ein generöser Vorschlag des Schulleiters, den Achim allerdings nicht annehmen konnte. Denn als die ersten Übergriffe bekannt wurden, hatten Eltern und das Kollegiums Front gegen den Sportlehrer gemacht. Er war von der Schule gemobbt worden und hatte sogar die Stadt verlassen müssen. Dabei hatte alles so harmlos angefangen! Zunächst nur überraschende Besuche in den Umkleideräumen der Mädchen nach der Stunde. Achim war anfangs nicht bewusst gewesen, dass er die erschrockenen Gesichter der halb nackten oder nackten Mädchen mehr genoss als den Anblick ihrer knospenden Weiblichkeit. Er war sich zu keiner Zeit irgendeiner Schuld bewusst gewesen.

Es waren doch nur Blicke, Herrgott! Doch schon bald folgten heimliche Berührungen bei Hilfestellungen im Unterricht. Erste besorgte Anrufe von Eltern bei der Schulleitung hatten das Mobbing gegen Achim ins Rollen gebracht. Er musste von da an sanften Druck ausüben, damit die Mädchen zu Hause nicht mehr von seinen Händen berichteten. Eine Zeit lang hatte das sehr gut funktioniert. Alles nur eine Frage der Kontrolle! Und wie diese ängstlichen Mädchen ihn angesehen hatten … Doch dann hatte er den Schuldienst quittieren und die Stadt verlassen müssen.

Schade … Aber ein bisschen Schwund ist immer, dachte Achim und wischte mit einem Handtuch aus der Küche alle Fingerabdrücke weg. Viel hatte er nicht berührt. Besonders gründlich kümmerte er sich um den hässlichen Kerzenständer, bevor er ihn erst Mona und dann Jan in die Hände drückte und das Ding schließlich auf den Teppich des Schlafzimmers fallen ließ. Neben die Blutlache.

Er trug Mona die Treppe hinunter zum Porsche, den er direkt vor der Tür geparkt hatte. Die Nacht war klar und ruhig. Einige Wagen und Fahrräder waren ihm auf dem Weg zum Ferienhaus der Gartenburgs entgegengekommen. Offensichtlich Partygäste auf dem Heimweg. Nun war Holland wieder still. Genau richtig für Achims Plan.

Er bugsierte die bewusstlose Mona hinter die Vordersitze des Porsche. Das war in dem engen Oldtimer gar nicht so einfach. Er hatte nur Minuten im Schlafzimmer der Gartenburgs gebraucht, um seinen Plan reifen zu lassen. Wie es gewesen sein könnte.

Achim hatte viel Übung darin, eine Sachlage glaubhaft darzustellen. Schon damals in der Schule gab es ab und zu Verluste zu beklagen. *Ein bisschen Schwund ist IMMER!*

Andrea zum Beispiel – sie hatte einfach aufgehört zu essen. War innerhalb weniger Wochen dermaßen abgemagert, dass sich weder ihre Eltern noch die Schulpsychologin erklären konnten, was der Grund für Andreas dramatisches Krankheitsbild sein konnte.
»Bulimie«, hatte Achim im Kollegium behauptet. Und viele kritische, sogar einige misstrauische Blicke geerntet. Doch er hatte recherchiert und zählte einfach frei erfundene Symptome bei Andrea auf. So behauptete er, ihr heimliches Brechen vor und nach dem Unterricht auf den Toiletten der Sportanlagen beobachtet zu haben. Andrea sollte sich, Achims Darstellung nach, mehrmals vor dem Sportunterricht einen Finger in den Hals gesteckt und absichtlich erbrochen haben. Natürlich heimlich, denn außer Achim hatte diesen Vorgang nie jemand beobachtet. Nicht einmal Andreas beste Freundin. Das war ein genialer Schachzug gewesen. Denn damit konnte Achim gegenüber dem Kollegium sogar nachträglich seine plötzlichen Auftritte in der Mädchenumkleide rechtfertigen. Alles nur zur Kontrolle! Zur Sicherheit seiner Schülerin!
Andrea wurde trotzdem vom Schulsport freigestellt. Niemand erfuhr jemals den wahren Grund. Warum sie sich so sehr vor dem Sportlehrer fürchtete, dass sie schon beim Anblick des Stundenplans, beim Ge-

danken an die nächste Sportstunde zu würgen begann. Andrea hatte sich aus Angst vor Achim in einen lebensbedrohlichen Zustand abgemagert, jedoch nie ein Wort über den Grund verloren.

Achims neue Geschichte, die für Mona und Jan, lautete so: Der Junge liebt das Mädchen. Zunächst ist alles gut. Doch dann will das Mädchen nichts mehr von ihm wissen und verschwindet spurlos. Der Junge wird fast verrückt und sucht seine große Liebe überall. Er erfährt von dem Ferienhaus und reist dorthin. Er tritt die Tür ein. Sie will immer noch nichts von ihm wissen. Der Junge fesselt das Mädchen. Doch sie kann sich befreien und schlägt ihn nieder. Mit derselben Waffe. Er blutet zwar, doch wenn ER sie nicht haben kann, soll sie KEINER haben! Er überwältigt sie erneut, schleppt sie zum Strand. Den Rest besorgt die Flut. Und natürlich würde der Junge ebenfalls ertrinken.

Eine große Tragödie – voll von Sehnsucht und unerfüllter Liebe ...

Achim klappte den Sitz zurück und betrat das Haus, um Jan zu holen. Es war das völlig falsche Auto für diese Aktion, viel zu klein, viel zu auffällig. Die neue Situation erforderte ein hohes Maß an Improvisation. Dieses Talent zählte Achim zu seinen Fähigkeiten. Vielleicht konnte man den Porsche ja sogar noch in die Geschichte einbauen ...

Achim beglückwünschte sich auf der Treppe insgeheim dazu, Hannelore keine Szene gemacht zu haben, dass sie das Ferienhaus mit keinem Wort jemals erwähnt hatte. Zum Glück war der blöde Gärtner eine Quasselstrippe, die Achim nach ein paar Schnäpsen von der *Witte Bloesem* erzählt hatte.

Ich? Aber ich hatte doch keine Ahnung von diesem Ferienhaus, Herr Kommissar!

Er schrieb diese Tatsache der schmerzhaften Vergangenheit zu. Christophs Tod war immer noch ein dunkles Loch in Hannelores und Monas Seele. Es hatte sehr lange gedauert, bis Hannelore ihrem Golftrainer das Herz geöffnet hatte. Nur einen Spaltbreit. Genau dort hatte Achim eingehakt, der die Trainerlizenz in einer Stadt, weit entfernt von seiner alten Schule, käuflich erworben hatte. Hannelore war für den gut aussehenden Mann ein williges Ziel, um an Geld zu kommen. Mona war nur die Zugabe für Achim. Bei Mona ging es um etwas anderes. Dabei hatte er eben ein wenig die Kontrolle verloren. Das musste Achim allerdings zugeben.

Jan atmete gleichmäßig. Achim band ihm ein Handtuch um den Kopf, damit er die Treppe und die Lederpolster des Porsche nicht voll bluten konnte. Achim trug den Jungen die Treppe hinunter und setzte ihn auf den Beifahrersitz. Er zog die aufgebrochene Haustür zu, so weit das möglich war. Bedeckte seine Hand mit dem Zipfel seiner Jacke, um keine Spuren auf dem Türknauf zu hinterlassen. Von der Straße aus würde niemand den Schaden sehen, dazu hatte Herr Gartenburg sein Grundstück großzügig genug ausgesucht. Bis auf wenige Prospekte hatte keine Post im Flur hinter dem Briefschlitz gelegen. Gut.

Achim ging davon aus, dass die Leichen am Strand am nächsten Tag frühmorgens gefunden würden. Der

Einbruch und die Kampfspuren im Haus erst danach. Diese Reihenfolge war in Achims Sinn.

Er klemmte sich hinter das Steuer, vergewisserte sich, dass die Kids immer noch bewusstlos waren. Dann startete er den Porsche und setzte rückwärts aus der Einfahrt in die dunkle Straße, ohne das Licht einzuschalten. Vorwärtsgang, Richtung Strand.

»Verdammt!«, murmelte Achim, als ein alter Mann mit einem Hund an der Leine aufgeregt gestikulierte. Er schaltete das Licht an und sah im Rückspiegel, wie der Mann dem Porsche hinterherschimpfte, der ihn fast überrollt hätte. »Die Karre ist zu auffällig!«

In den wenigen Minuten Fahrt durch den Wald von der Villa bis zum Strand wurde Achim klar, dass jeder, der den Porsche gesehen hatte, sich auch daran erinnern würde. Er verfluchte sich dafür, mit der Kiste in den Ort gefahren zu sein, um etwas zu essen zu besorgen. Aber wie hätte er auch wissen sollen, dass Jan so schnell auftauchen würde? Wie hätte er wissen sollen, dass Mona ... Sein Gehirn lief auf Hochtouren, er brauchte dringend EINE NEUE VERSION DER GESCHICHTE!

»Aus der Nummer kommst du nicht mehr raus«, hatte Mona damals im Wohnzimmer der Gartenburgs gesagt und Achim den Schwangerschaftstest gezeigt. Hannelore war arbeiten, wie immer.

Dabei hatte Achim immer Kondome benutzt! Was nicht einfach ist, wenn es schnell gehen muss und der Partner sich wehrt. Ungefähr an diesem Punkt war Achim die Kontrolle endgültig entglitten. Doch zunächst hatte er Mona kein Wort geglaubt. *Schwanger!?*

»Das kann nicht sein!«
»Sieh es dir an, Arschloch!«
Mona hatte Achim das Teststäbchen samt Packung und Beipackzettel vor die Füße geworfen. Achim hatte alles aufgehoben. Der Streifen ... da war ein Streifen auf dem Stäbchen. Mona war schwanger!
»Es ist vorbei! Endgültig«, hatte sie gesagt und die Tür hinter sich zugeknallt.

Nach einer scharfen Rechtskurve wurde der Waldweg enger. Hier waren keine Häuser mehr, niemand war hier unterwegs. Nicht so spät in der Nacht. Hier durften keine Autos fahren, verkündete ein Schild. Doch der schönste Strand der Niederlande wartete auf Mona und Jan. Als Achim wie ein Geisteskranker in den Ort gefahren war, auf der Suche nach Mona, war ihm der Hinweis unter dem Ortsschild nicht aufgefallen. Der Porsche röhrte viel zu laut. *Der Auspuff gibt wieder auf,* dachte Achim. Anscheinend hatte der Oldtimer genug davon, andauernd Kilometer zwischen Deutschland und Holland zu fressen.

Nach Amsterdam in die Abtreibungsklinik und zurück. Ohne Mona. Sie war getürmt, als ihre Schwangerschaftslüge aufgeflogen war. Und nach dem Treffen mit Jan in der Fußgängerzone direkt wieder nach Holland. Mit Bleifuß. Vollgas! Zu dem Versteck, von dem Hannelore ihm nie erzählt hatte.

»Es ist erst vorbei, wenn ich das sage!«, murmelte Achim und gab Gas. Unter dem Schild »WELKOM IN OOSTKAPELLE« hatte er erst vor wenigen Stunden den Zusatz gelesen: »Het schoonste strand van Nederland« – daneben in Klammern das Jahr der Ehrung. Eingerahmt von zwei lachenden Sonnen. In

diesem Moment, mit einer Tüte Pommes speciaal in der Hand, war Achim die Idee mit Monas möglichem Unfalltod gekommen. Er musste die Kleine loswerden. Am Strand? Natürlich. Am Strand!
Achims erste Geschichte lautete damals so: Unglücklich verliebtes Mädchen zieht sich aus Liebeskummer in die geheime Höhle (das Ferienhaus) zurück. *Nein, Herr Kommissar! Ich hatte keine Ahnung von Monas Problemen. Oder von diesem Ferienhaus!* Ihr Schmerz über den Verlust von Vater und Freund wird unglaublich groß! Sie entscheidet sich für den Freitod. Mona geht ins Wasser ...
Schlecht an dieser ersten Variante der Geschichte war, dass dieses Mädchen Fesselspuren und Spuren einer Vergewaltigung (diesmal mit nachweisbarer Gewalteinwirkung, trotz Kondom) aufweisen würde. Während Achim vor dem Schild gestanden und Pommes gegessen hatte, war ihm dafür keine Lösung eingefallen. Doch manchmal hilft einem das Leben einfach weiter. Denn als Achim zurückkehrte, fand er die Haustür eingetreten.
Jan, der furchtlose Retter, war ein Geschenk des Himmels!

Bleibt der Porsche. Der ist ein Problem! Den hat jeder hier gesehen. Jeder wird sich erinnern. Nicht an mich. Aber an den Wagen!
Mona begann sich im Fond zu regen, als Achim eine Schranke erreichte. Die Abzweigung vom Waldweg in die Dünen. Zum Strand. Achim bremste, konnte das Meer riechen. Die Lösung all seiner Probleme lag in greifbarer Nähe!
Jan kippte bewusstlos nach vorn, als Achim brems-

te. Sein Kopf stieß an die Frontscheibe. Nur ganz leicht. Doch es reichte, um Achim, dem Improvisationstalent, eine neue, ganz hervorragende Idee zu liefern. Die finale Variante dessen, was passiert sein konnte: *Ich hatte doch keine Ahnung, dass der Junge so verrückt ist, Herr Kommissar!*

Achim nahm Jan das Handtuch vom Kopf. Jan hatte ihn »Acki« genannt und für einen Freund gehalten. *Ein großer Fehler, mein Freund!*

Achim setzte auf dem Waldweg vorsichtig zurück und hielt an. Leerlauf. Nachdenken.

Jan bekam diese Nachricht von Mona auf seinem Handy. Das war in der Fußgängerzone. Ich war dabei!

Achim schnallte sich an und gab Gas. Hinter ihm gab Mona erste Laute von sich, noch war sie nicht ganz bei sich.

Wir hatten in einem Café etwas getrunken. Der Kerl ist abgehauen. Mit meinem Schlüssel. Mit meinem Wagen!

Achim bedauerte den Verlust des Porsche. Darin steckte viel Handarbeit. Aber es musste sein. Für diese Variante musste es sein.

»Du ... Arschloch ... Aus der Nummer kommst du nicht raus ...«, hörte Achim eine Stimme hinter sich. Er sah nicht in den Rückspiegel, sondern zog Jan zu sich auf den Schoß und gab Gas. Vollgas!

»Es ist erst vorbei, wenn ich das SAGE!«, brüllte Achim, trat das Pedal durch und raste auf den linken Pfeiler der Schranke zu. Die Wucht des Aufpralls riss Achim in den Gurt. Ließ Jan mit dem Kopf hart auf das Lenkrad prallen und Mona verstummen.

Er muss das Mädchen in diesem Ferienhaus gefunden haben. Ich wusste doch nichts von diesem

Haus! Fragen Sie Frau Gartenburg, Herr Kommissar. Mein Gott, hat er die Kleine wirklich gefesselt und vergewaltigt? Was? Er hat sie UMGEBRACHT? Wie furchtbar!

Achim würde Hannelore in den Arm nehmen. Zusammen mit dem Schmerz über dieses grauenhafte Verbrechen würde er alle Zweifel und Verdächtigungen, die jemals zwischen ihr und ihm gestanden hatten, in alle Winde zerstreuen. Auch gegenüber der Polizei ... *Erst der Mann, dann die Tochter ... und deren Freund! Tragisch! Haben die Kinder nicht gemeinsam einen Theaterkurs besucht? Ein Stück von Shakespeare geprobt? Ist das nicht furchtbar? Es ist eine Tragödie, Herr Kommissar!*

Nach angemessener Zeit, die solch ein Verlust, solch eine Wunde benötigte, um sich wieder schließen zu können, würde Achim Hannelore einen Heiratsantrag machen. Mit ihr ein neues Leben beginnen. Gegen die Karibik war dieser schönste Strand von Holland nur Schrott. Achim dachte an die Hochzeitsreise, während er Jan auf den Fahrersitz setzte und Mona aus dem Wagen zerrte. Das Handtuch steckte er in die Jackentasche. Der Weg durch die Dünen glänzte im Mondlicht. *Das ist Muschelkalk,* freute sich Achim über den Wegweiser. Er würde den Porsche vermissen. Während er Mona zum Strand schleppte, konnte er sie riechen. Eine Mischung aus Schweiß und Angst. Nicht mehr die Mona, von der er damals die Finger nicht hatte lassen können, aber immer noch unverkennbar Mona.

Er würde Mona vermissen.

Sie war etwas ganz Besonderes, Herr Kommissar!
»Damit ... kommst du ... nicht durch!«, stammelte Mona. Doch sie hatte keine Kraft, sich zu wehren. Nicht mehr.
»Viele Menschen werden dich vermissen«, sagte Achim. »Ich gehöre auch dazu, glaub mir. Aber du hättest mich niemals mit dieser Schwangerschaft belügen dürfen. Das war ein böser Fehler.«
Er schleppte Mona über die Düne. Das Wasser glänzte im Mondschein. »Gleich ist es vorbei, Mona.« Weil Achims Bizeps ihr die Luft abdrückte, röchelte Mona nur noch schwach. »Gleich ist alles vorbei ...«
Achim zerrte Mona den Weg zum Strand hinunter, an einer geschlossenen Strandbude vorbei in den weichen Sand. Weit entfernt war ein Lagerfeuer zu sehen, für Achim nicht größer als das Flackern einer Kerzenflamme. Niemand in der Nähe ... perfekt!

KONTROLLE IST ALLES!

Jan kam nur langsam wieder zu Bewusstsein. Er hustete und verwischte Blut auf seiner Stirn. Wo war er? Er richtete sich auf und starrte durch die Frontscheibe des Porsche. Es dauerte eine Weile, bis Jan die verschwommenen Bilder vor seinen Augen zusammenbringen konnte. Vor ihm lag ein glänzender Weg. Ein funkelnder, geschwungener Streifen. Wie in einem Märchen. Nur, dass sich in Märchen keine Porsches um Baumstümpfe wickeln.
Hab ich das getan? Jan hatte nicht die leiseste Ahnung.
In Achims Märchen war Jan tatsächlich gefahren.

In Jans Märchen klemmte die Fahrertür des Wagens und er rammte mit der Schulter dagegen. Da er vieles vergessen hatte, nahm Jan keine Rücksicht auf seine Schlüsselbeinfraktur. Er spürte das Knirschen der Knochenenden, die sich aneinander rieben. Bis der Schmerz sein Hirn erreichte und einige Lichter wieder einschaltete, die Achims Schlag mit dem Kerzenständer beschädigt hatte.

Die Tür flog auf und Jan fiel aus dem Wagen auf den Boden wie ein nasser Sack. Er rollte sich stöhnend auf den Bauch. Wollte nur noch bewegungslos liegen bleiben, doch die schmerzhaften Blitze in seinem Kopf fackelten ein wahres Feuerwerk der Erkenntnis ab.

Mona! Gefesselt! Ackis Stimme! Der Porsche!

Jan schaffte es auf die Knie und hielt sich an der eingedrückten Motorhaube des Porsche fest. Er war nicht gefahren, das musste Acki gewesen sein.

Aber wieso? AUA!

Jan hatte sich mit der Hand durch die Haare gestrichen und war an seine Platzwunde gekommen.

Der Sack hat mich niedergeschlagen! ER hat Mona gefesselt!

Der erste Versuch, auf die Füße zu kommen, ging daneben. Jans Gleichgewichtsgefühl war gestört. Er sackte auf den Boden zurück, darum bemüht, nicht schon wieder auf seine verletzte Schulter zu fallen. Vor ihm eine eiserne Schranke. Der Porsche hatte die Kette gesprengt und Jan zog sich an dem kalten Metall auf die Füße. Bei seinen ersten wackeligen Schritten ließ er sich von der Schranke führen. Sie schwang quietschend auf und wies ihm die Richtung zu dem vom Mond beschienenen Pfad aus zersplitterten Muschelschalen.

Zum Strand, dachte Jan und setzte einen Fuß vor den anderen. Das hier waren nicht die Umstände, unter denen er gehofft hatte Mona am Strand zu treffen. Hier ging es nicht mehr um Monas Versprechen. Hier ging es nur noch um Mona! Er war sich aus irgendeinem Grund sicher, dass er sie dort finden würde. Außerdem war sich Jan völlig darüber im Klaren, dass er sie dort nicht allein finden würde. Jan begann zu laufen.

Scheiß auf die Schulter. Scheiß auf die Kopfschmerzen! Mona!

Die Angst um Mona übertönte seine Schmerzen. Bis zu der großen Düne war es nicht mehr weit, dahinter musste der Strand sein. Jan begann zu rennen. In seiner Vorstellung rannte er direkt aus der Tür des Weveler Hofs über die Kreuzung in diese Nacht. Von der blöden Theaterprobe direkt zu Mona! Der Muschelweg knirschte unter seinen Turnschuhen. Während Jan die Steigung zur Düne hinaufhetzte, atmete er immer heftiger.

»Mona!« Noch konnte Jan den Strand nicht sehen, die Düne war das letzte Hindernis. Jan keuchte die Anhöhe hinauf und hörte das Blut in seinen Ohren pochen.

»Moonaa!!«, rief er wieder. Seine Kräfte wurden von dem Sprint auf die Düne aufgezehrt. Rufen war nicht die beste Idee, wenn er es bis zum Strand schaffen wollte, doch Jan konnte einfach nicht anders: »Mooonaaa!!!«

Auf der Kuppe der Düne sah Jan sich um. Ein entferntes Feuer lenkte seinen Blick nach links ab, doch dann starrte er geradeaus auf die See und den Strand.

Bis zum Wasser waren es vielleicht noch dreißig Meter. Aber wo waren Mona und Achim? Dann hörte er ein Husten. Ganz leise. Aber ganz unverkennbar ...

»Mona!«

Auf der rechten Seite stand ein Mann, bis zur Hüfte im Wasser. Vor ihm strampelte und hustete Mona. Das Ganze sah aus, wie wenn ein Bademeister nächtliche Überstunden machte. Nur dass Achim nicht vorhatte, Mona das Schwimmen beizubringen. Er tauchte sie unter Wasser und drehte sich zu Jan um, der es schaffen musste. Das musste er einfach schaffen! Er war nicht so weit gerannt, um jetzt zu versagen! Es durfte nicht SO enden!

Während Jan die Düne hinunterlief, rief Achim: »Gut, dass du kommst! Dann muss ich dich nicht holen!«

Monas Arme wedelten schwach. Ihr Kopf war immer noch unter Wasser.

SIE IST ZU LANG UNTER WASSER! HÖR AUF DAMIT!

Jan wurde immer schneller. Zu schnell, während er die Steigung hinunterrannte. Seine Füße machten sich selbstständig. Er wollte brüllen, doch dafür reichte seine Luft nicht mehr. Als der feste Weg über die Düne in tiefen Sand überging, verhedderten sich seine Beine und er schlug hart auf den Boden.

Es knirschte in der Schulter und zwischen seinen Zähnen. Er spuckte Sand aus. »Lass sie los!«

Doch Achim lachte nur. Er hielt Monas Kopf am Hals in einem eisernen Griff in die Wellen. Von Mona war kaum noch etwas zu erkennen. Von Mona war nichts mehr zu hören ...

Jan versuchte auf die Beine zu kommen. Doch im

Sand schien er sich wie in Zeitlupe zu bewegen. Mona rührte sich nicht. Tauchte nicht mehr auf. Jan taumelte auf Achim zu. Er hatte alle Kraft verloren. Spürte keinen körperlichen Schmerz, sondern nur noch Verlust und endgültige Niederlage.

Hier, am Strand. Das hast du mir doch versprochen, oder? Aber hier solltest du nicht STERBEN! Mona! Wir wollten doch noch so viel ...

Es war nicht weit bis zu Achim. Nur ein paar Meter. Doch für Mona war es zu spät. Achim ließ ihren Hals los. Jan sah Monas Körper, wie sie bewegungslos im Wasser dümpelte. Achim kam auf Jan zu. In seinem Blick stand Wahnsinn.

»So, mein Freund. Du bist dran!«

Jan taumelte schluchzend in die Wellen zu Mona. Achim war ihm egal. Alles war ihm egal. Wie sollte er sich gegen den durchtrainierten Mann wehren? Jan wollte nur zu Mona. Wenn dies der Weg sein sollte ...

Keine Schmerzen mehr. Ich komme zu dir, Mona. Ich hab's nicht geschafft. Tut mir leid. Ich hab nie verstanden, worum es wirklich geht! Ich war so blöd! Und jetzt ist es zu spät ...

»Es tut mir leid«, murmelte Jan.

»Mir auch«, sagte Achim, doch es klang anders. Er zerrte den Jungen zu sich und drückte ihn in die Wellen.

UNTER WASSER ...

... klingt alles anders. Dumpfer. Der Himmel über Jan sah ebenfalls anders aus. Verschwommen. Jan suchte den Mond, konnte jedoch nur Achims verzerrtes Gesicht über sich erkennen, der ihn am Hals unter Wasser drückte. Jan wehrte sich nicht. Nicht mehr.

Wie lange kannst du die Luft anhalten?, hatte Mona ihn damals im Knutschwäldchen gefragt und Jan geküsst. Sie zwinkerte ihm zu. Sie hatte ihm damals zugezwinkert. *Nein, verdammt! Mona zwinkert mir JETZT GERADE ZU!*

Jan ruderte vor Schreck mit den Armen, als er Monas Gesicht unter Wasser neben sich sah. Dann ballte er die Hand zur Faust, holte aus ...

Antagonist, dachte er, *Mona hat gesagt, ich bin der ...*

Jan schlug zu. Direkt in das verschwommene Gesicht über sich.

Es passierte alles gleichzeitig: Ein Brummen war zu hören. Achim stürzte und ließ Jan frei. Jan tauchte prustend aus dem Wasser auf und erkannte die Scheinwerfer eines Wagens, der aufheulend über die Düne flog. Die Schnauze des Wagens schlug Funken auf dem geteerten Stück bis zum Strand. Ein Scheinwerfer verlosch, während sich das Fahrzeug mit der Schnauze tief in den Sand eingrub. Zwei Männer sprangen aus dem Wagen.

»Beide Hände über den Kopf!«, hörte Jan eine Stimme, die er kannte.

Die Männer sprinteten über den Sand, einer richtete seine Waffe auf Achim, der andere rannte über den Strand ins Wasser. Jan griff nach Mona, zog sie zu sich und drückte ihren Kopf an seine Brust. Mona hatte die Augen geschlossen. *Aber sie hat gezwinkert, oder?!*

Jan drückte Mona an sich. Der Mann stürmte platschend ins tiefere Wasser und drückte Jan an sich.

»Alles okay?« Mit der anderen Hand hielt er Monas Kopf über Wasser.

»Sie lebt noch, Papa! Sie muss leben!«, weinte Jan, dem alles viel zu schnell ging.

»BIST DU OKAY?«, rief Dieter, außer sich vor Sorge. Jan nickte stumm und Dieter schnaufte erleichtert.

»Ist alles in Ordnung bei euch?«, hörte Jan die andere Stimme.

Nein! Hier ist überhaupt nichts in Ordnung! Achim lag im Sand, die Hände hinter dem Kopf verschränkt. Polizeimeister Kürten, der Bulle aus Jans Heimatstadt und Schulfreund von Jans Vater, trug Zivilkleidung. Er legte Achim Handschellen an. Dieter trug Mona an den Strand. Sie lag schlaff und zerbrechlich in seinen Armen.

Jan strampelte hinter seinem Vater aus dem Wasser und sah zu, wie Dieter im Sand erste Hilfe leistete. Er fühlte ihren Puls, nickte, hielt ihre Nase zu und beatmete sie mit dem Mund. Dann drehte er sie auf die Seite. Jan zappelte nervös auf Knien um die beiden herum.

Mona! Monamonamonamonamona ...

Irgendwann hustete und spuckte sie endlich Salzwasser in den Sand. Mona keuchte, hustete erneut und sah Jans Vater aus glasigen Augen an.

»Geht's wieder?«, fragte Dieter und hüllte Mona in seine Jacke.

»Ja«, röchelte Mona. Nun zwinkerte sie wirklich. »Ich kann länger die Luft anhalten.« Sie zitterte am ganzen Körper und lächelte.

Jan nickte stumm. Sprechen ging leider nicht. Er war zu gerührt, schnaufte nur erleichtert. Tränen liefen über sein Gesicht. Jan nahm Mona in den Arm und drückte sie fest an sich. So fest er konnte. *Scheiß auf die Schulter!*

»Au!«, sagte Mona. Doch es war nicht böse gemeint.

»Woher wusstet ihr, dass wir hier sind?«, fragte Jan seinen Vater.

Dieter wischte sich Schweiß und Seewasser von der Stirn und deutete zu dem Polizisten. »Stefan hat mich angerufen. Wir kennen uns von früher. Er hat mit Monas Mutter gesprochen, nachdem du ihm mit dem Rad über den Roten Weg abgehauen bist.«

Auf der Dünenkuppe erschien ein Wagen der niederländischen Polizei. Polizeimeister Kürten steckte die Waffe weg, zückte seinen Ausweis und redete mit den niederländischen Beamten.

»Frau Gartenburg hat ihm von dem Ferienhaus erzählt und damit kam er zu mir«, sagte Dieter und ergänzte grinsend: »Es war nicht einfach, Stefan zu dieser Reise zu überreden. Hoffentlich bekommt er keinen Ärger deswegen.«

Jan und Mona sahen zu, wie Achim abgeführt wurde. Dann fiel Jan auf, dass er im Wasser eine Kontaktlinse verloren hatte. *Es gibt Schlimmeres.*

»Jan ...«, sagte Mona.

»Ich bin bei dir. Jetzt gehe ich nie wieder weg«, antwortete er.

Sie schmiegte sich an ihn und hielt sich an ihm fest. »Ich muss dir was sagen.«

»Später.«

»Nein, jetzt!«, sagte Mona und sah auf. »Ich hab was Furchtbares getan. Ich ...«

»Du bist von Achim schwanger«, unterbrach Jan, »nicht so schlimm.«

»Blödsinn«, sagte Mona, »das war gelogen.«

Jan sah Mona überrascht an. Sie biss sich auf die Lippe. »Aber ... ich hab einen Frosch umgebracht!«

Jan lachte, als hätte Mona gerade den besten Witz der Welt erzählt.

11

MALCOLM:
> Wir wollen nicht vergeblich Zeit verschwenden,
> Mit Eurer Liebe einzeln abzurechnen.
>
> »Macbeth« – 5. Akt, 7. Szene

September. Premiere. Malcolm wurde von Walther mit »th« gespielt. Er beendete seinen Text erleichtert: »Und jetzt ... zur Krönung lad ich Euch nach Scone!« Ein letzter Fanfarenstoß beendete die Aufführung. Der Vorhang fiel, das Licht ging an. Zuschauer begannen zu klatschen. Kurz darauf öffnete sich der Vorhang wieder. Das gesamte Ensemble der Schauspieltruppe trat an die Bühnenkante. Jan und Erik sprangen auf und applaudierten. Erik pfiff auf den Fingern. Plötzlich standen alle im Saal auf. Bravorufe wurden lauter, als Ralf alias Macbeth eine verlegene Frau Weiß auf die Bühne zog, die sich schüchtern inmitten ihrer Truppe im Scheinwerferlicht verbeugte.

»Aber Ralf ist und bleibt ein Arschloch!«, rief Erik durch den Applaus Jan zu. Laut genug, damit Macbeth es hören konnte, der sich weiter verbeugte.

»Ab jetzt laufen wir nicht mehr weg!«, rief Jan zurück und grinste Erik an.

»Nee, die Zeiten sind endgültig vorbei!« Die beiden applaudierten Ralf grinsend.

Mona verbeugte sich. Jan hatte nur noch Augen für sie. Trotz allem, was geschehen war, stand sie an der Bühnenkante und verbeugte sich. Lächelte Jan an, der ihr begeistert applaudierte. Für ihren Mut. Er bedauerte plötzlich, nicht dort oben zu stehen. Er wurde ein wenig neidisch auf den Beifall. Die Stadthalle tobte!

Mona zwinkerte ihm von der Bühne aus zu.

Du bist ein Spitzenantagonist, Jannick!

Jans Herz wurde in diesem Moment vor Glück fast zerrissen. Er zwinkerte zurück.

Du bist hier! Bei mir, Mona! Nur das zählt!

Danke!

Ohne Stefan Wendel, damals Programmleiter beim Thienemann Verlag in Stuttgart, wäre dieses erste Buch von mir nie erschienen. Er hat mich angenommen, gefördert, lektoriert und über Jahre hinweg geduldig und kompetent unterstützt. So konnte aus dem Drehbuchautor auch der Romanautor Oliver Pautsch werden. Dafür möchte ich mich hier besonders bedanken.
Heute gibt Stefan Wendel seine Erfahrungen und sein Wissen als freier Autorenberater weiter. Aus eigener Erfahrung kann ich seine Dienste für Autorinnen und Autoren bestens empfehlen.
www.autorenberatung.net

In der Erstveröffentlichung dieses Romans unter dem Titel »Mordgedanken« danke ich Inge Clemens und Rolf Heyer nur durch einfache Nennung. Das möchte ich hier etwas ausführlicher wiederholen:
Als Grundschullehrerin und Englischlehrer haben Frau Clemens und Herr Heyer meine (nicht immer einfache) Schulzeit kompetent und humorvoll begleitet. Sie gehören zu den wenigen Lehrern, an die ich immer noch gern zurückdenke. Ich wünsche jeder Schülerin und jedem Schüler solche inspirierenden Menschen an

die Seite. Danke dafür. Besonders für die Geduld und Nervenstärke!

Für diese überarbeitete Neuauflage des Romans waren Niklas Schütte bei der Covergestaltung und Michaela Bielawski von publish4you bei Satz und Layout eine ganz besondere Hilfe. Vielen Dank – ich freue mich auf weitere Projekte.

Bei Sandra bedanke ich mich, dass sie unseren chaotischen Familienbetrieb immer – auch über die teilweise langen Durststrecken – am Laufen hält.
Ich liebe Dich!

Oliver Pautsch

OLIVER PAUTSCH

SIE KRIEGEN DICH

young thriller

Leseprobe
»Sie kriegen dich«

Ben hat Angst. Panische Angst. Seit Monaten haben Achim, Hakan und Turbo es auf ihn abgesehen: sie lauern ihm auf und zocken ihn ab. Eines Tages wird einer seiner Peiniger tot aufgefunden – mit Bens Handy in der Tasche. Plötzlich steht Ben unter Mordverdacht. Was soll er tun? Kein Mensch wird ihm glauben, dass er unschuldig ist!

Sie kriegen dich
(young thriller 02):

PROLOG – TONBANDPROTOKOLL

»Für die Akten ... zum Zeitpunkt dieser Tonbandaufnahme ist es Mittwoch, der 23. Juni, Uhrzeit, Moment ... 17 Uhr 25. Mein Name ist Hauptkommissar Joachim Breidenbach. Ist der Befragte, Benjamin Terjung, mit der Tonaufzeichnung seiner Aussage einverstanden? ... Benjamin, du musst etwas sagen. Ich brauche dein Einverständnis zur Aufnahme auf Band. Nicken genügt nicht. Na los, sag was!«

»Oh, äh, das geht klar.«

»Du bist mit einer Aufzeichnung einverstanden?«

»Ja.«

»Anzeige von Benjamin Terjung gegen Unbekannt wegen räuberischen Diebstahls. Benjamin, du bist gerade fünfzehn geworden?«

»Am elften Mai.«

»Ist dir klar, dass du eingeschränkt rechtsmündig bist?«

»Nein. Was heißt das?«

»Dass du mir nur die Wahrheit erzählen solltest. Also, was ist gestern passiert?«

»Ich wurde verprügelt und dann wurde mir das Rad geklaut. Ich war auf dem Weg von der Schule nach Hause.«

»Kannst du den oder die Täter beschreiben?«
»Sie waren zu dritt. Das habe ich aber erst später kapiert.«
»Wieso?«
»Weil sich mir zuerst nur der ... der Türke und der dünne Typ in den Weg gestellt haben. Der Dünne ist mir vors Rad gegangen.«
»Er ist dir vors Rad gelaufen, meinst du?«
»Nein, das war Absicht. Der hat mich angesehen und sich mir in den Weg gestellt. Ich wollte ausweichen, er ist wieder in meinen Weg gesprungen. Ich bin langsamer geworden und dann sind wir beide gestürzt.«
»Du hast den Jungen also angefahren und bist vom Rad gefallen?«
»Eben nicht! Ich hab den nicht angefahren, der hat nur so getan. Aber das haben der Typ und der Türke dann dauernd gebrüllt.«
»Was haben sie gebrüllt?«
»Na, dass ich den umgefahren hätte. Ich hätte das extra gemacht, hat der Kleinere immer wieder gerufen, hat sich richtig reingesteigert und ist total ausgeflippt.«
»Und der türkische Junge war ein Zeuge?«
»Nee, das war nur 'ne Show. Ein Trick. Die kannten sich und wollten mich abzocken.«
»Du willst damit sagen, dass der dünne Junge und der Junge, den du ›Türke‹ nennst, sich dir absichtlich in den Weg gestellt haben?«
»Nicht beide. Nur der Dünne, damit ich ihn umfahre. Dem hat aber überhaupt nichts gefehlt. Der hat mich später sogar noch umgehauen.«
»Was ist mit dem Dritten?«

»Sie glauben mir kein Wort, oder?«
»Du sagtest, sie waren zu dritt.«
»Nachdem der dünne Typ den Streit angefangen hatte, fing der Türke damit an, dass er mein Rad *konferieren* will, oder so.«
»Das hat er gesagt?«
»Ich bin nicht sicher. Ich hatte tierische Angst.«
»Hat er vielleicht ›konfiszieren‹ gesagt?«
»Kann sein.«
»Weißt du, was er mit ›konfiszieren‹ meinte?«
»Nee, ich hab nur begriffen, dass er mir das Rad abnehmen wollte. Das waren Asis. Dann hat mir der Dünne noch eine reingehauen und weg waren sie. Mit dem Rad, natürlich.«
»Was war mit dem dritten Täter?«
»Dem Fettsack?«
»Benjamin, es wäre hilfreich, wenn du die äußerliche Erscheinung der Täter genauer beschreiben könntest, als ›der Dünne‹, ›der Türke‹ und ›der Fettsack‹. Geht das?«
»'tschuldigung.«
»Erzähl weiter. Besondere Merkmale?«
»Also, der Dünne trug ein schwarzes Kapuzenshirt mit so 'nem chinesischen Zeichen drauf.«
»Yin und Yang vielleicht?
»Kann sein.«
»Das Tai-Chi-Zeichen, ein Kreis mit zwei ineinander fließenden Wellen? War es das?«
»Ich kenn mich da null aus.«
»Also weiter.«
»Können wir 'ne Pause machen?«
»Wir haben doch gerade erst angefangen!«
»Bitte. Ich muss pinkeln.«

»Von mir aus ... Beeil dich.«
Stühlerücken, dann klackt es, als der Kassettenrekorder abgeschaltet wird.

FREITAG

EISKALT

12 UHR 00

»Weber hat die Leiche angefasst«, rief eine Stimme aus der Menge der Schüler, die sich um den Tatort drängten.

Sofort entstand ein Tumult auf dem Schulhof.

»Hab ich nicht!«, brüllte Weber zurück und wollte sich auf den Denunzianten stürzen. Gegenüber dem Haupteingang des Schulgebäudes flatterten Krähen protestierend in den Himmel.

Polizeiobermeister Kürten versuchte die aufgeregten Schüler unter Kontrolle halten. Im Schnee waren bereits mehr als genügend Spuren, die niemals zugeordnet werden konnten.

Scheißkalt, dachte Kürten und sah sich um. Die Schneedecke lag völlig zertrampelt vor ihm. Er hatte die Kripo über Funk angefordert. Sofort, als er den toten Jungen im Müllcontainer neben dem Haupteingang des Gymnasiums gesehen hatte. Ein grauenhafter Anblick. Die Kollegen sollten bereits vor einer halben Stunde angekommen sein. Der plötzliche Wintereinbruch hatte die ganze Stadt überrascht.

Nur zu gern hätte Kürten den Deckel des Müllcontainers geschlossen, um den Schülern den grauenhaften Anblick zu ersparen. Doch er wollte keine Spuren vernichten.

»Weber hat ihn angepackt«, brüllte der Schüler

erneut, der einem Frettchen glich. Der beschuldigte Weber drängte wie ein Eisbrecher durch die Menge und ging auf den Schreihals los. Das Frettchen fiel in den Schnee vor den Mülltonnen. Weber stürzte sich auf ihn, er war größer und schwerer. Das Frettchen quiekte erschrocken. Weber ist zu dick, dachte der Polizist und zerrte die Jungen auseinander. Weber hatte ganze Arbeit geleistet: Das Frettchen war mit dem Kopf auf den Boden aufgeschlagen. Sein Blut im Schnee vor dem Container sah schlimm aus. Ein roter Fleck, wie von einem toten Tier. Kürten drückte ein Taschentuch auf die Kopfwunde des Jungen, um die Blutung zu stillen. Das Frettchen schrie wie am Spieß, hinter dem Polizisten begann Weber zu weinen.

»Hab nix angefasst, ehrlich! Ich wollte nur an die Tonne!«

»Verständigen Sie einen Arzt«, rief der Polizist einem älteren Lehrer zu, der vor dem Müllcontainer stand. Doch die Aufsicht konnte sich vom Anblick der Leiche nicht lösen.

In den aufgerissenen Augen des toten Jungen waren Schneeflocken geschmolzen und auf dem Weg über die Wangen wieder gefroren. Der Tote lag im Müllcontainer zwischen blauen Plastiksäcken und losen Papieren, die seine Schultern und den Brustkorb bedeckten, mit Blick in den Himmel und der Schnee fiel ihm ins Gesicht. Sein Körper inmitten des Mülls verrenkt, wie nur Leichen verdreht sein können, wenn sie erstarren. Oder, wie in diesem Fall, zu einer grausigen Momentaufnahme gefroren waren.

Kürten verfluchte sich, allein zum Fundort gefahren zu sein. Doch seit dem Wintereinbruch war das Chaos auf den Straßen kaum noch zu bewältigen gewesen. Alle Kollegen waren unterwegs und Kürten war auf sich allein gestellt. Er vermied den Anblick der gefrorenen Leiche und holte eine Rolle Absperrband aus dem Kofferraum, obwohl es für die Sicherung des Tatorts bereits zu spät war. Das würde Ärger mit den Kollegen von der Kripo geben.

Schülerinnen und Schüler stapften schweigend, manche weinend, durch den Schnee vor dem Container neben dem Haupteingang des Gymnasiums. Einige umarmten sich in Schock und Trauer. Ein dürres Mädchen mit Zöpfen erbrach sich in die Büsche neben dem Gebäude. Mitschülerinnen stützten sie.

Die verwischen alle tatrelevante Spuren, dachte Kürten. »Tun Sie endlich was! Schaffen Sie die Kids hier weg«, rief er dem Lehrer zu, der immer noch völlig überfordert herumstand. Dann wurde das Frettchen bewusstlos. Kürten winkte zwei kräftigen Jungs herbei und wies sie an, den Ohnmächtigen in die Pausenhalle zu bringen, als der mehrstimmige Klingelton eines Handys ertönte. Die Melodie kam Kürten bekannt vor, doch es wollte ihm nicht einfallen, woher. Das Handy verstummte kurz, dann begann die Melodie von vorn. Schüler stapften durch den Schnee und zerrten iPhones, Samsungs und Huaweis aus Taschen und Mänteln.

Natürlich, das ist von Robbie Williams, dachte Kürten und sah sich um. Es klingelte immer weiter.

In einer anderen Ecke des Pausenhofs sahen sich Zwillinge erschrocken an, als die Melodie erneut ertönte.

»Das ist doch ... *She's The One*«, flüsterte Antonia, die dreißig Minuten ältere und drei Zentimeter größere der beiden Schwestern.

»Benjamins Handy«, antwortete Bella, »den Klingelton hat er am Computer selbst eingespielt.« Trotz Ihrer unterschiedlichen Frisuren sahen sich die beiden erschrockenen Mädchen sehr ähnlich.

Kürten folgte der Melodie, und mit jedem Schritt wuchs seine Gänsehaut. Der Klingelton kam aus dem Metallcontainer, in dem der tote Junge lag. Kürten hörte in den Container und vermied den Anblick des Jungen, wollte die blassen toten Augen nicht sehen. Doch er musste in die Tasche des Jungen greifen. Denn immer wieder dudelte die Melodie. Kürten fand das Handy und nahm den Anruf an: »Ja? Hallo?« Er zuckte zusammen, als er eine metallisch klingende Roboterstimme hörte: »Der Standort dieses Mobiltelefons wurde geortet.« Die Verbindung brach ab und ein regelmäßiges Tuten ertönte, Polizeiobermeister Kürten sah das Mobiltelefon in seiner Hand und stöhnte auf.

Keine Handschuhe! Ich habe dem Opfer ein Beweisstück ohne Handschuhe entnommen. Wie viele Fehler werde ich heute noch machen? Die Kollegen der Kripo werden mich in der Luft zerreißen!

Es begann wieder zu schneien. Der Schnee rieselte auf blaue Plastiksäcke, Fetzen geschredderter Klassenarbeiten und die weit aufgerissenen Augen eines toten Jungen, dessen Gliedmaßen verdreht und unrichtig im Müll ausgebreitet lagen.

Er ist kaum älter als die Schüler, dachte der Polizist und achtete nicht mehr auf Spuren, als er den Deckel des Müllcontainers schloss. Er konnte keine Sekunde länger in diese geöffneten Augen sehen. Er schien, als würde der tote Junge weinen.

DER DREIKLANG

13 UHR 13

Ben trennte die Verbindung zum Internet, schaltete den Computer aus und verließ den Medienraum. Laut der angezeigten Umgebungskarte, die auf dem Bildschirm angezeigt wurde, musste sich Bens Telefon irgendwo auf dem Schulgelände befinden. Nicht weiter als hundert Meter von Bens Standort entfernt.

Verdammt, wenn mein geklautes Handy hier in der Nähe ist, sind die Typen auch hier, dachte Ben und eilte durch den Flur. Er suchte einen Ausgang, wo sie ihn nicht finden würden. Ben wollte an einem Seitenflügel oder hinten raus, dort war es meistens gut gegangen.

Vor dem Haupteingang waren Sirenen zu hören. Jede Ablenkung, um heil nach Hause zu kommen, war Ben recht. Die Flure rochen nach Reinigungsmitteln. »Bohnerwachs«, hatte seine Mutter behauptet, die ebenfalls hier zur Schule gegangen war. Doch Bohnerwachs war altmodisches Zeug. Zwischen Bens Schulzeit und der seiner Mutter lagen Welten. Damals gab es keine Computer, geschweige denn Internet. Woher sollte sie wissen, wonach der Boden einer Schule heute roch? Oder wie beschissen Schule heute sein konnte? Und wie gefährlich der Heimweg? Sie hatte keine Ahnung.

Vom Flur zwischen dem Labor und dem Chemieraum im Ostflügel aus sah Ben sich durch die Glastür auf dem Gelände um, entriegelte dann den Notausgang und floh über den Sportplatz in Richtung der Hauptstraße. Vielleicht schaffte er es noch vor dem Gong, hoffte er.

Das grauenhafte »DiDaaDuuu« hörte Ben nicht nur in der Schule. Der Dreiklang begleitete ihn bis in den Schlaf. Er wachte nachts schweißgebadet davon auf. Krümmte sich in Aufzügen, die ähnliche Geräusche machen, wenn sich Türen schlossen oder öffneten. Bestimmte Musikstücke konnte Ben überhaupt nicht mehr hören, ohne sich den Bauch zu halten, bis seine Augen tränten. »DiDaaDuuu« Der Klang war überall.

Ist doch nur ein Dreiklang, versuchte sich Ben selbst zu beruhigen. Doch sein Magen krampfte sich trotzdem jedes Mal zusammen. Wenn die Krämpfe kamen, versteinerte Ben. Jeder Muskel in seinem Körper spannte sich. Ben stellte sich in diesem Moment ein Raumschiff vor.

»Alarmstufe Rot. Alle Decks gesichert, Käpt'n«, dachte er und schloss die Augen. Presste seine Lider fest aufeinander. Gegen die Tränen konnte er erst etwas unternehmen, wenn das Krampfen und Würgen vorbei war. Dann erst konnte er die Hände benutzen und das Rinnsal von der Wange wischen. So eine Angstattacke dauerte meistens nicht länger als dreißig Sekunden. Trotzdem lang genug für die anderen, sich zu wundern, Fragen zu stellen und Ben merkwürdig zu finden.

»Was hast du denn für 'ne Krankheit?« – Jochen. Mitschüler. Ein Arschloch.

»Ist mit dir alles in Ordnung, Ben?« – Frau Kermeling, die Lehrerin. Nett, jedoch keine Ahnung.

»Ben, kommst du mit in den ... oh, okay.« – Abdul, ein Mitschüler, fast Bens Freund. Vielleicht wusste er Bescheid, doch darüber wurde nicht geredet. Wenn Ben die Krämpfe bekam, wartete Abdul. Sogar ohne hinzusehen, um Ben nicht in Verlegenheit zu bringen.

Nach einer halben Minute voller Krämpfe konnte Ben wieder die Augen öffnen und auf »Alarmstufe Grün« schalten. Durchatmen, Tränen wegwischen und einen Weg finden. Einen neuen Weg, den seine Verfolger noch nicht kannten.

Der letzte Gong war der schlimmste. Dann musste Ben die Sicherheit des Gebäudes hinter sich lassen. Die Schule war ein dreistöckiger Klotz mit zwei offiziellen Ausgängen, acht Notausgängen in alle Himmelrichtungen und zwei Treppen zum Keller, Fahrradkeller nicht mitgezählt. Ben kannte sie alle. Die Notausgänge zu benutzen war natürlich streng verboten. Ben war sich immer noch nicht sicher, ob es wirklich einen stummen Alarm gab. Irgendeine zentrale Anlage, die meldete, wenn er sich unerlaubt durch die Hintertür davon machte. Der Hausmeister behauptete es jedenfalls. Drohte mit dem Finger und rollte mit den Augen. Er war Schuld an den beiden Rügen, am Gespräch des Direktors mit Bens Vater und an der Ermahnung, Ben könnte von der Schule fliegen. Damals, bevor die Asis ihn verfolgten, wäre Fliegen für Ben undenkbar gewesen. Doch mittlerweile hatte Fliegen eine neue Bedeutung bekommen. Wer fliegt, betrachtet die Welt von oben. Wer fliegt, muss sich nicht davor fürchten, festgehalten, geschlagen und ausgeraubt zu werden. Ben wünschte sich mehrmals in der Woche, einfach die Arme ausbreiten und abheben zu können. Sein Vater vertrat eine ganz andere Meinung. Als ehemaliger Oberstleutnant der Bundeswehr war er offensiv: »Geh gefälligst vorn raus, Ben. Wehr dich, verdammt noch mal! Du willst doch nicht von der Schule fliegen, nur weil du ständig die Notausgänge benutzt!«

„DiDaaDuuu."
Der letzte Gong schoss Ben direkt in den Magen. Vom Lautsprecher aus in Bens Mitte. Da war wieder die Angst. Ein Gefühl, als müsste er sich sofort übergeben und gleichzeitig kacken. Ben frühstückte zwar schon lange nicht mehr, seit ihm regelmäßig aufgelauert wurde. Doch auch ein leerer Magen konnte sich vor Angst verkrampfen.

Sie kriegen dich (young thriller 02) – ISBN: 9783743134423
Überarbeitete Neuausgabe –
erstmals unter gleichem Titel erschienen
im Thienemann Verlag, Stuttgart
© 2018 Oliver Pautsch
Herstellung und Verlag: BoD – Books on Demand, Norderstedt

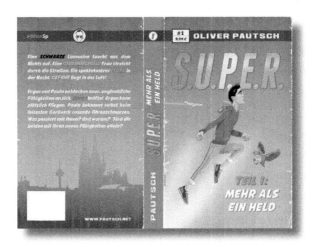

Das S.U.P.E.R.-Team kehrt zurück!
Jetzt als Buch und eBook erhältlich.

Und das Action-Leseabenteuer geht weiter ...
Band 3 ist in Arbeit